精神病患者的悲歌

徐訏

—徐訏文集—

小說卷

導言　徬徨覺醒：徐訏的文學道路

陳智德

「個人的苦悶不安，徬徨無依之感，正如在大海狂濤中的小舟。」[1]

——徐訏〈新個性主義文藝與大眾文藝〉

在二十世紀四、五十年代之交，度過戰亂，再處身國共內戰意識形態對立夾縫之間的作家，應自覺到一個時代的轉折在等候著，尤其在當時主流的左翼文壇以外，被視為「自由主義作家」或「小資產階級作家」的一群，包括沈從文、蕭乾、梁實秋、張愛玲、徐訏等等，一整代人在政治旋渦以至個人處境的去與留之間徘徊，最終作出各種自願或不由自主的抉擇。

1 徐訏〈新個性主義文藝與大眾文藝〉，收錄於《現代中國文學過眼錄》，台北：時報文化，一九九一。

二

一九四六年八月，徐訏結束接近兩年間《掃蕩報》駐美特派員的工作，從美國返回中國，直至一九五〇年中離開上海奔赴香港，在這接近四年的歲月中，他雖然沒有寫出像《鬼戀》和《風蕭蕭》這樣轟動一時的作品，卻是他整理和再版個人著作的豐收期，他首先把《風蕭蕭》交給由劉以鬯及其兄長新近創辦起來的懷正文化社出版，據劉以鬯回憶，該書出版後，「相當暢銷，不足一年，（從一九四六年十月一日到一九四七年九月一日），印了三版」[2]，其後再由懷正文化社或夜窗書屋初版或再版了《阿剌伯海的女神》（一九四六年初版）、《烟圈》（一九四六年初版）、《蛇衣集》（一九四八年初版）、《幻覺》（一九四八年初版）、《四十詩綜》（一九四八年初版）、《兄弟》（一九四七年再版）、《母親的肖像》（一九四七年再版）、《生與死》（一九四七年再版）、《春韮集》（一九四七年再版）、《一家》（一九四七年再版）、《海外的鱗爪》（一九四七年再版）、《舊神》（一九四七年再版）、《成人的童話》（一九四七年再版）、《西流集》（一九四七年再版）、潮來的時候（一九四八年再版）、《黃浦江頭的夜月》（一九四八年再版）、《吉布賽的誘惑》（一九四九再版）、《婚

[2] 劉以鬯〈憶徐訏〉，收錄於《徐訏紀念文集》，香港：香港浸會學院中國語文學會，一九八一。

事》（一九四九年再版），[3]粗略統計從一九四六年至一九四九年這三年間，徐訏在上海出版和再版的著作達三十多種，成果可算豐盛。

《風蕭蕭》早於一九四三年在重慶《掃蕩報》連載時已深受讀者歡迎，一九四六年首次結集成單行本出版，沈寂的回憶提及當時讀者對這書的期待：「這部長篇在內地早已是暢銷一時的名著，可是淪陷區的讀者還是難得一見，也是早已企盼的文學作品」[4]，當劉以鬯及其兄長創辦懷正文化社，就以《風蕭蕭》為首部出版物，十分重視這書，該社創辦時發給同業的信上，即頗為詳細地介紹《風蕭蕭》，作為重點出版物。徐訏有一段時期寄住在懷正文化社的宿舍，與社內職員及其他作家過從甚密，直至一九四八年間，國共內戰愈轉劇烈，幣值急跌，金融陷於崩潰，不單懷正文化社結束業務，其他出版社也無法生存，徐訏這階段整理和再版個人著作的工作，無法避免遭遇現實上的挫折。

然而更內在的打擊是一九四八至四九年間，主流左翼文論對被視為「自由主義作家」或「小資產階級作家」的批判，一九四八年三月，郭沫若在香港出版的《大眾文藝叢刊》第一輯發表〈斥反動文藝〉，把他心目中的「反動作家」分為「紅黃藍白黑」五種逐一批判，點名

3 以上各書之初版及再版年份資料是據賈植芳、俞元桂主編《中國現代文學總書目》、北京圖書館編《民國時期總書目，一九一一－一九四九》。

4 沈寂〈百年人生風雨路——記徐訏〉，收錄於《徐訏先生誕辰100週年紀念文選》，上海：上海社會科學院出版社，二○○八。

批評了沈從文、蕭乾和朱光潛。該刊同期另有邵荃麟〈對於當前文藝運動的意見——檢討・批判・和今後的方向〉一文重申對知識份子更嚴厲的要求，包括「思想改造」。雖然徐訏不像沈從文般受到即時的打擊，但也逐漸意識到主流文壇已難以容納他，如沈寂所言：「自後，上海一些左傾的報紙開始對他批評。他無動於衷，直至解放，輿論對他公開指責。稱《風蕭蕭》歌頌特務。他也不辯論，知道自己不可能再在上海逗留，上海也不會再允許他曾從事一輩子的寫作，就捨別妻女，離開上海到香港。」[5] 一九四九年五月二十七日，解放軍攻克上海，中共成立新的上海市人民政府，徐訏仍留在上海，差不多一年後，終於不得不結束這階段的工作，在不自願的情況下離開，從此一去不返。

二

一九五〇年的五、六月間，徐訏離開上海來到香港。由於內地政局的變化，其時香港聚集了大批從內地到港的作家，他們最初都以香港為暫居地，但隨著兩岸局勢進一步變化，他們大部份最終定居香港。另一方面，美蘇兩大陣營冷戰局勢下的意識形態對壘，造就五十年代香港文化刊物興盛的局面，內地作家亦得以繼續在香港發表作品。徐訏的寫作以小說和新詩為主，

[5] 沈寂〈百年人生風雨路——記徐訏〉，收錄於《徐訏先生誕辰100週年紀念文選》，上海：上海社會科學院出版社，二〇〇八。

來港後亦寫作了大量雜文和文藝評論，五十年代中期，他以「東方既白」為筆名，在香港《祖國月刊》及台灣《自由中國》等雜誌發表〈從毛澤東的沁園春說起〉、〈新個性主義文藝與大眾文藝〉、〈在陰黯矛盾中演變的大陸文藝〉等評論文章，部份收錄於《在文藝思想與文化政策中》、《回到個人主義與自由主義》及《現代中國文學過眼錄》等書中。

徐訏在這系列文章中，回顧也提出左翼文論的不足，特別對左翼文論的「黨性」提出質疑，也不同意左翼文論要求知識份子作思想改造。這系列文章在某程度上，可說回應了一九四八、四九年間中國大陸左翼文論的泛政治化觀點，更重要的，是徐訏在多篇文章中，以自由主義文藝的觀念為基礎，提出「新個性主義文藝」作為他所期許的文學理念，他說：「新個性主義文藝必須在文藝絕對自由中提倡，要作家看重自己的工作，對自己的人格尊嚴有覺醒而不願為任何力量做奴隸的意識中生長。」[6] 徐訏文藝生命的本質是小說家、詩人，理論鋪陳本不是他強項，然而經歷時代的洗禮，他也竭力整理各種思想，最終仍見頗為完整而具體地，提出獨立的文學理念，尤其把這系列文章放諸冷戰時期左右翼意識形態對立、作家的獨立尊嚴飽受侵蝕的時代，更見徐訏提出的「新個性主義文藝」所倡導的獨立、自主和覺醒的可貴，以及其得來不易。

《現代中國文學過眼錄》一書除了選錄五十年代中期發表的文藝評論，包括《在文藝思想

[6] 徐訏〈新個性主義文藝與大眾文藝〉，收錄於《現代中國文學過眼錄》，台北：時報文化，一九九一。

與文化政策中》和《回到個人主義與自由主義》二書中的文章，也收錄一輯相信是他七十年代寫成的回顧五四運動以來新文學發展的文章，集中在思想方面提出討論，題為「現代中國文學的課題」，多篇文章的論述重心，正如王宏志所論，是「否定政治對文學的干預」[7]，而當中表面上是「非政治」的文學史論述，「實質上具備了非常重大的政治意義：它們否定了大陸的文學史論述」[8]，徐訏所針對的是五十年代至文革期間中國大陸所出版的文學史當中的泛政治論述，動輒以「反動」、「唯心」、「毒草」、「逆流」等字眼來形容不符合政治要求的作家；所以王宏志最後提出《現代中國文學過眼錄》一書的「非政治論述」，實際上「包括了多麼強烈的政治含義」。這政治含義，其實也就是徐訏對時代主潮的回應，以「新個性主義文藝」所倡導的獨立、自主和覺醒，抗衡時代主潮對作家的矮化和宰制。

《現代中國文學過眼錄》一書顯出徐訏獨立的知識份子品格，然而正由於徐訏對政治和文藝的清醒，使他不願附和於任何潮流和風尚，難免於孤寂苦悶，亦使我們從另一角度了解徐訏文學作品中常常流露的落寞之情，並不僅是一種文人性質的愁思，而更由於他的清醒和拒絕附和。一九五七年，徐訏在香港《祖國月刊》發表〈自由主義與文藝的自由〉一文，除了文藝評論上的觀點，文中亦表達了一點個人感受：「個人的苦悶不安，徬徨無依之感，正如在大海狂

7 王宏志〈心造的幻影——談徐訏的《現代中國文學的課題》〉，收錄於《歷史的偶然：從香港看中國現代文學史》，香港：牛津大學出版社，一九九七。

8 同前註。

濤中的小舟。」[9]放諸五十年代的文化環境而觀，這不單是一種「個人的苦悶」，更是五十年代一輩南來香港者的集體處境，一種時代的苦悶。

三

徐訏到香港後繼續創作，從五十至七十年代末，他在香港的《星島日報》、《星島週報》、《祖國月刊》、《今日世界》、《文藝新潮》、《熱風》、《筆端》、《七藝》、《新生晚報》、《明報月刊》等刊物發表大量作品，包括新詩、小說、散文隨筆和評論，並先後結集為單行本，著者如《江湖行》、《盲戀》、《時與光》、《悲慘的世紀》等。香港時期的徐訏也有多部小說改編為電影，包括《風蕭蕭》（屠光啟導演、編劇，香港：邵氏公司，一九五四）、《傳統》（唐煌導演、徐訏編劇，香港：亞洲影業有限公司，一九五五）、《痴心井》（唐煌導演、王植波編劇，香港：邵氏公司，一九五五）、《鬼戀》（屠光啟導演、編劇，香港：麗都影片公司，一九五六）、《盲戀》（易文導演、徐訏編劇，香港：新華影業公司，一九五六）、《後門》（李翰祥導演、王月汀編劇，香港：邵氏公司，一九六〇）、《江湖行》（張曾澤導演、倪匡編劇，香港：邵氏公司，一九七三）、《人約黃昏》（改編自《鬼戀》，

[9] 徐訏〈自由主義與文藝的自由〉，收錄於《個人的覺醒與民主自由》，台北：傳記文學出版社，一九七九。

陳逸飛導演、王仲儒編劇，香港：思遠影業公司，一九九六）等。

徐訏早期作品富浪漫傳奇色彩，善於刻劃人物心理，如〈鬼戀〉、〈吉布賽的誘惑〉、〈精神病患者的悲歌〉等，五十年代以後的香港時期作品，部份延續上海時期風格，如《江湖行》、《後門》、《盲戀》，貫徹他早年的風格，另一部份作品則表達歷經離散的南來者的鄉愁和文化差異，如小說《過客》、詩集《時間的去處》和《原野的呼聲》等。

從徐訏香港時期的作品不難讀出，徐訏的苦悶除了性格上的孤高，更在於內地文化特質的堅守，拒絕被「香港化」。在《鳥語》、《過客》和《癡心井》等小說的南來者角色眼中，香港不單是一塊異質的土地，也是一片理想的墓場、一切失意的觸媒。一九五〇年的《鳥語》以「失語」道出一個流落香港的上海文化人的「雙重失落」，而在《癡心井》的終末則提出香港作為上海的重像，形似卻已毫無意義。徐訏拒絕被「香港化」的心志更具體見於一九五八年的《過客》，自我關閉的王逸心以選擇性的「失語」保存他的上海性，一種不見容於當世的孤高，既使他與現實格格不入，卻是他保存自我不失的唯一途徑。[10]

徐訏寫於一九五三年的〈原野的理想〉一詩，寫青年時代對理想的追尋，以及五十年代從上海「流落」到香港後的理想幻滅之感：

[10] 參陳智德《解體我城：香港文學1950-2005》，香港：花千樹出版有限公司，二〇〇九。

多年來我各處漂泊，
唯願把血汗化為愛情，
遍灑在貧瘠的大地，
孕育出燦爛的生命。

但如今我流落在污穢的鬧市，
陽光裡飛揚著灰塵，
垃圾混合著純潔的泥土，
花不再鮮豔，草不再青。

海水裡漂浮著死屍，
山谷中蕩漾著酒肉的臭腥，
潺潺的溪流都是怨艾，
多少的鳥語也不帶歡欣。

茶座上是庸俗的笑語，
市上傳聞著漲落的黃金，

戲院裡都是低級的影片，
街頭擁擠著廉價的愛情。

此地已無原野的理想，
醉城裡我為何獨醒，
三更後萬家的燈火已滅，
何人在留意月兒的光明。

「原野的理想」代表過去在內地的文化價值，在作者如今流落的「污穢的鬧市」中完全落空，面對的不單是現實上的困局，更是觀念上的困局。這首詩不單純是一種個人抒情，更哀悼一代人的理想失落，筆調沉重。〈原野的理想〉一詩寫於一九五三年，其時徐訏從上海到香港三年，由於上海和香港的文化差距，使他無法適應，但正如同時代大量從內地到香港的人一樣，他從暫居而最終定居香港，終生未再踏足家鄉。

四

司馬長風在《中國新文學史》中指徐訏的詩「與新月派極為接近」，並以此而得到司馬長風的正面評價，[11]徐訏早年的詩歌，包括結集為《四十詩綜》的五部詩集，形式大多是四句一節，隔句押韻，一九五八年出版的《時間的去處》，收錄他移居香港後的詩作，形式上變化不大，仍然大多是四句一節，隔句押韻，大概延續新月派的格律化形式，使徐訏能與消逝的歲月多一分聯繫，該形式與他所懷念的故鄉，同樣作為記憶的一部份，而不忍割捨。

在形式以外，《時間的去處》更可觀的，是詩集中〈原野的理想〉、〈記憶裡的過去〉、〈時間的去處〉等詩流露對香港的厭倦、對理想的幻滅、對時局的憤怒，很能代表五十年代一輩南來者的心境，當中的關鍵在於徐訏寫出時空錯置的矛盾。對現實疏離，形同放棄，皆因被投放於錯誤的時空，卻造就出《時間的去處》這樣近乎形而上地談論著厭倦和幻滅的詩集。

六七十年代以後，徐訏的詩歌形式部份仍舊，卻有更多轉用自由詩的形式，不再四句一節，隔句押韻，這是否表示他從懷鄉的情結走出？相比他早年作品，徐訏六七十年代以後的詩作更精細地表現哲思，如《原野的理想》中的〈久坐〉、〈等待〉和〈觀望中的迷失〉、〈變

11 司馬長風《中國新文學史（下卷）》，香港：昭明出版社，一九七八。

幻中的蛻變〉等詩，嘗試思考超越的課題，亦由此引向詩歌本身所造就的超越。另一種哲思，則思考社會和時局的幻變，《原野的理想》中的〈小島〉、〈擁擠著的群像〉以及一九七九年以「任子楚」為筆名發表的〈無題的問句〉，時而抽離、時而質問，以至向自我的內在挖掘，尋求回應外在世界的方向，尋求時代的真象，因清醒而絕望，卻不放棄掙扎，最終引向的也是詩歌本身所造就的超越。

最後，我想再次引用徐訏在《現代中國文學過眼錄》中的一段：「新個性主義文藝必須在文藝絕對自由中提倡，要作家看重自己的工作，對自己的人格尊嚴有覺醒而不願為任何力量做奴隸的意識中生長。」[12]時代的轉折教徐訏身不由己地流離，歷經苦思、掙扎和持續的創作，最終以倡導獨立自主和覺醒的呼聲，回應也抗衡時代主潮對作家的矮化和宰制，可說從時代的轉折中尋回自主的位置，其所達致的超越，與〈變幻中的蛻變〉、〈小島〉、〈無題的問句〉等詩歌的高度同等。

＊陳智德：筆名陳滅，一九六九年香港出生，台灣東海大學中文系畢業，香港嶺南大學哲學碩士及博士，現任香港教育學院文學及文化學系助理教授，著有《解體我城：香港文學1950-2005》、《地文誌——追憶香港地方與文學》、《抗世詩話》以及詩集《市場，去死吧》、《低保真》等。

[12] 徐訏〈新個性主義文藝與大眾文藝〉，收錄於《現代中國文學過眼錄》，台北：時報文化，一九九一。

目次

精神病患者的悲歌

一

E・奢拉美醫師招考助手啟事：

茲為醫治一個特殊精神病的病人，需要助手一名。

資格：（一）對於變態心理及精神病有相當研究而有特殊興趣者；

（二）年齡在二十與三十之間；

（三）有非常耐心與勇氣；

（四）體格健全無特殊嗜好；

（五）願意獻身科學而有犧牲精神。

待遇：錄取後訓練一月或兩月，訓練期間每月支薪一千法郎，以後每月月薪四千法郎。

應試者先把全身照相及履歷一份寄到北貝公路三四三號本醫師診所報名，四月三日上午九時到本診所應試。

我讀完那本二月號心理學雜誌時，在背後看到這樣一個廣告。E・奢拉美醫師是有名的精神病學專家，我知道他有許多沉重的著作，不過我沒有讀過，但是散在醫學與心理學雜誌裡的許多研究的、實驗的、臨床的文章，我還讀到不少。

那時候，我對於變態心理學有特濃的愛好，對於精神病因而也感到很有興趣，但是作為醫師，我是沒有夢想過，因為我對於醫學完全是外行，這也就是我沒有讀過奢拉美醫師的著作的原因，因為在他的著作中，我相信一定有許多太專門的地方，我是沒有法子讀下去的。所以我對他談不到愛好，只覺得是一種尊敬。就是這一份尊敬，使我想到做他助手的光榮，或者我能夠在他的地方學習一點。其次就是這待遇的誘人，使我有這應試的衝動。

第二天早晨，我揀出我的照相，寫好我的履歷，到北貝公路去報名。管理報名的是一個女護士，她沒有審查就接受了，但叫我填一張願意絕對服從，願意受嚴格訓練的志願書，我填好了問她要考些什麼。她說自然是心理學範圍以內的東西。

因此在報名回來以後，我用全副精神預備他要考的功課，自然我只預備我所愛好的以及我平時所注意的幾方面，因為如果他所考的是我興趣以外的，那麼就是他需要另一方面的人才，我自然不一定要去。那時候離考期還有一個半月，我幾乎整天讀這類書籍與雜誌，所以到應考的那天，我自信如果他所要考的，就是我有興趣的，我應當很有把握了。

四月三日上午，我於八點三刻到他們的診所，看看應試的人一共大概有二十三、四個，交談幾個以後，發覺他們幾乎都是醫學院出身的，有的是醫師，有的還是學生，像我這樣的人好像一個也沒有。我想這一定是沒有希望的，不過反正不費什麼，試試也無所謂，所以我也安心下來。

九點到了，我以為應當是考試了，但是舉行的是體格檢查，非常嚴格的從眼睛檢查起，一直到腳趾。

我於十二點半方才檢查好，說是明晨上午九時再去。

第二天我到的時候，有一位女護士正開始發出昨天的檢查單。她一個一個叫名字，叫著的人走過去；有幾個先被叫去的人下來了，我還沒有叫著，向那些下來的人問問，他們把檢查單給我看，有幾個因為眼睛太近視，批著「不合適」，還有幾個因為身體欠強壯，也批著「不合適」，有幾個則叫他們在隔壁的廳裡等候。

慢慢於是輪到了我，我這時對於錄取與不錄取，已經不很在乎，所以我並沒有什麼特別的情緒。但是我居然也在合適之列，被叫到隔壁的廳裡去。

廳裡布置得像一個講堂，有一塊小黑板，上邊卷著一幅白幕，後面有一架映幻燈的機器。我看大家在桌椅坐下了，我也坐了下來，隔座一位應試的人，這時候還帶著一厚本關於醫學的書在看，所以我也沒有同他談話。

九點半的時候，有兩個女護士進來了，她們發給我們考卷與題目，她們說到十二點半的時候要交卷的。說完了她們就出去，室內只剩了我們十九個應試者。

這題目使我們大家都驚奇了，因為沒有一點書本的知識，也沒有一點經院學術的氣息，我們大家都覺到我們白預備一個半月，我隔座的那個剛才還在看書的朋友，這時似乎失望得更加厲害。

我很難形容這題目的性質，如果讀者一定要我報告，我想還是舉一、二個例子為好，不過我現在記得的也不多。其中有一個，大概是這樣的：

「假如你同你的病人一同在喝咖啡，她一定要把鹽當作糖放在你的杯內，你取什麼樣態度？」

還有一個似乎更有趣：

「假如你的病人不聽你的話，他一個人溜出去在酒店喝酒，你追到時他已經喝得半醉。現在請你擬三種簡短的話，勸他跟著你同家。」

題目幾乎有二十幾個，但是性質都同這些差不多。

我沒有在理論上有多大的推敲，只憑我直覺做我的答案，十二點不到我已經做好，我重讀一遍，那時有一個女看護進來，我就把考卷交給了她。

二

我回到家裡，再也沒有想到這件事，因為我不相信我會被錄取，最重要的是我對於這些題目，實在不知道應當怎麼樣回答才是對，如果有書本可查，我一定會查查我到底做對了多少；如果有什麼理論可以根據，我也可以知道我根據的理論是對是錯。但是現在我只是憑直覺在作答，我相信許多醫師和醫學院的學生，一定會有臨床的經驗可以作根據的，所以我對於這件事根本沒有抱什麼希望了。

但是，出我意外，四月七日中午，我竟接到一封信，那是有E・奢拉美醫師親自簽字的，叫我四月九日上午到他那裡去口試。

根據上次的經驗，我再也不作什麼準備，到九日上午，我一直到北貝公路去。

我在看護地方打聽，知道通知來應口試的只有三個人，昨天一個人已經考過，明天還有一個人來考，今天就是我。我被領到E・奢拉美醫師的門前。

E・奢拉美一見我是一個東方人，很注意，但對我很客氣，同我談許多閒話，問我哪一國人，問我家庭的狀況，問我的經驗，最後他的問話愈來愈稀奇了：

「你會騎馬嗎？」

「會的。」

他於是在一張紙上用鉛筆做一個記號，又問：

「你會擊劍嗎？」

「我不會。」我說，心裡不免覺得古怪起來。

他又在紙上劃一個記號，又問：

「你會運用手槍嗎？」

「我不會，從來沒有放過一槍。」

他又在紙上劃一個記號，又問：

「你會拳擊嗎？」

「不會，我不會。」當他在紙上劃記號時，我實在耐不住了，我說：「原諒我，醫師，到底你們是招考一個醫師的助手還是招考一個刺客，要不然你們可是要招一個武俠電影的主角？」

E・奢拉美醫師鎮靜地不作聲，最後抬起頭來，從鬍子裡露出和藹的笑容，低聲地說：「你知道有時候醫一個有精神病的病人，除了精神病醫師的知識以外，還要有刺客的勇敢與電影明星的訓練的。」於是他繼續的問：

「那麼駕汽車，你會嗎？」

「會的。」

「跳舞呢？」

「會的。」

「游泳呢？」

「會一點。」

他記下了，突然又問：

「你以前殺過人嗎？」

「沒有，沒有。」我驚駭地而乾脆地回答。

他又冷靜地記下了，再問：

「那麼你會什麼運動呢？網球？」
「會的。」
「很好。」他說著又劃了一下，說：「檯球呢？」
「會的，但是不很好。」
「那麼駕船呢？」
「不，我只會划小板船。」
這樣問答有三十分鐘之久，他看看錶說：
「好。」
他站了起來，忽然拿出一瓶藥，倒出了三粒藥丸，放在一張紙上交給我，這使我非常驚奇，我說：
「醫生，我難道須要吃這藥麼？」
「不。」他笑著說：「我要請你做一件事，這裡有一個病人，他總不肯自然地吃他的藥，現在正是他吃藥的時間，我給你十分鐘的時間，請你設法叫他把這藥吃下去。」
他說完開開他身後的門，叫我進去。
這是一間會客室一樣的房間，布置很精雅，裡面有一個男子坐在沙發上，一個看護坐在他的旁邊，還有一個看護立著。我拿著藥進去，我不知道應當說什麼話，用什麼方法。那個男人無疑地就是病人，他並不瘦，但是面色嫌沒有血，眼睛發著光，一瞬也不瞬地注視看我，最後他站了起來，有三分驚慌，三分怕，還有四分似乎都是「問題」。就在這一瞬間，我靈機一動，擺出非常莊嚴的神氣，伸著手走過去，我說：

「請你坐著，不用害怕。我是從東方來的，帶著東方的靈藥來治你的病，『愈吃得快，病也好得愈快』，這是舊約的古語，聰敏人大家都記得的。」

一位坐著的看護這時早已預備了一杯水站在一旁，病人對我看了一看，就拿我的藥放在自己的口內，看護就給他水喝。

我完成了我的工作出來，E．奢拉美醫師拿著錶在門口等我，說：

「完成了？」

「完成了。」

「還不到五分鐘，很好很好。」

這樣我就告別出來，我覺得很有希望似的，等他們的通知；四月十四日上午，我所期望的通知終於到了，說這個助手的人選決定用我，叫我十六日上午去受訓練。

這在我當然是高興的事，我滿以為以後我可以從E．奢拉美醫師地方學到許多東西了。但是出我意外的，第二天我去的時候，E．奢拉美醫師只介紹我到一個警察廳設立的偵探學校去求學。說他什麼已經都接洽好了，還付好一切費用。

「怎麼回事？」我非常驚奇地說：「我是來做醫師的助手，不是來做偵探的助手。」

「是的，你我都沒有弄錯。」E．奢拉美醫師微笑著說。

「那麼為什麼要……」我說著忽然想到另一件事，我說：「你需要的助手是為實際上用呢？還是為電影裡用？是不是這個電影故事裡的醫師助手需要有槍擊的本領。」

「自然是為實際上用，不過你需要這些，將來可以保護你病人同你自己。」

「但是，」我說：「醫師，我來應考雖是為你們的豐富的報酬，但是還是為對你的尊敬，想在你地方學習一點東西。」

「不過這是第一步的訓練，並不是要你做槍手，我想兩個月也就夠了。」

三

於是我搬進了這偵探學校，開始在那裡受嚴厲的訓練，這生活是多來沒有過過的生活，完全違反我以前生活的韻律。早上一早起來，騎著馬在廣場上用手槍打靶子，七時叫我練習游泳，八時吃一點早點，讀一些拳擊槍術偵探的理論，十時起是擊劍。午餐後有一點鐘午睡，接著是拳擊，傍晚叫我們駕著汽車或機器自行車用大型手槍打靶。夜裡還隨時有警鈴，叫我迅速從夢中起來，掛帶齊全駕著車子，到廣場追假想的盜匪。

我過了一天就想放棄這個生活，我想同E．耆拉美去說，我不願擔任助手的事了，但是這個學校的紀律，是除了例假不許出校門的。我曾經在第二天早晨打電話給E．耆拉美醫師，說我願意放棄了這個職位，但是他只叫一個看護來聽，告訴我他沒有工夫，有話星期日上午去談。

但是經過一星期嚴格的訓練，我對於這生活竟也習慣起來，而且因為我槍擊上面的進步，我對這個訓練也發生了一點興趣；同時我忽然想到，我曾在報名時填過一張志願書，中途變志似乎太顯得我懦弱了。所以當我於星期日上午遇到E・奢拉美醫師時，我沒有提起這件事。他問：

「生活過得慣麼？」我說：

「現在總算有點過慣了。」

「很好很好。」

從此我就繼續在這學校裡受訓練，一個月以後，我身體的確有許多變化，不但結實不少，而且也機警許多似的，好像走路都輕健起來了。

兩個月後，E・奢拉美醫師來看我，他付給我薪金後，對我說：

「現在好了，你可以離開這裡，到我的地方去實習，多接近接近病人。」

「我倒很想再在這裡多讀一些時候。」

「這是不需要的，現在。」

我不再說什麼，因為這訓練原是他們支配的。

這樣我就搬進E・奢拉美醫師所辦的療養院，改變了一個完全相反的生活，每天同幾十個患精神病的人接觸，這裡是需要冷靜的頭腦，和藹的態度，平靜的情感去應付我們的對象。

這生活在我沒有什麼不合適，而且很快的使我發生了興趣，但是一星期以後，我慢慢感到

E・奢拉美醫師同他的護士們有些缺點，但是我說不出這缺點是些什麼，一直到兩星期以後，我發覺這缺點是缺少誠意。他們對於病人非常和藹，除非是特殊的精神病的人，在迫不得已之情形下，才失了這和藹的常態，但是這和藹只是一種手段，並非出於真心的。不知是不是他們在理論上假定這些病人都沒有記憶，他們對於這些病人無限止的安慰與允諾，但是以後自己就忘了這些允諾。我發覺在這點上同他們不合以後，我自己單獨在這方面注意。有一次，一個年老的病人，一定固執地說他的兒子（其實他的兒子早在歐戰中死了。）有一筐橘子送來，而醫院不給他。許多看護都騙他，說：「不錯，他曾經打電話來過，說是由公司送來的，現在不來，恐怕是公司耽誤了。我想明晨一定可以送來，你今天好好安睡吧。」

這個病人相信她們的話，嘮嘮叨叨的就睡下了。

第二天，我去看這個病人，已經不提起這橘子事情，不過我看出他精神上有些期待。我當時同E・奢拉美討論這個問題，我以為他雖然不提起這個欲念，但是這欲念並沒有消去，是存在他下意識之中。但是E・奢拉美醫師以為這種用弗洛伊德的說明是太舊了，他以為這個病人的思想並沒有系統，昨天的欲念，他已經忘去，今天的不安是另外的件事情。這事件立刻有現象證明，那是看護的報告，說他不斷要水吃。於是我同E・奢拉美醫師說：

「我對於理論學識修養很淺，但是我所注意的是事實，假如我所解釋的不對，那麼是不是我們的神經因為昨天『不滿足』這個刺激，可以產生不斷的震動，這震動到某一定時期，又會生出新的欲念，欲念又會震動我們的神經，因為這樣不斷地震動與不斷的欲念，使我們的神經永遠不安與不滿足呢？」

「這只是你的假定，沒有科學的與實驗的證明是不足為據的。」

E・耆拉美醫師說到這裡就忙別的事情去了，但是我竟想到這病人今天的好喝水與昨天的欲念有特殊的關係，也許就是用水來解他昨天橘子的欲念。

這樣想著，我就自己用錢去買一筐橘子送給這位病人，告訴他是他兒子送來的，他果然很高興的不再討水喝，緩緩地剝橘子吃。

這一筐橘子他非常珍貴地吃；每天拿出一隻，看了半天方才吃，一直到一星期以後這橘子還沒有吃完。在這個時期內，我看他精神安定了不少，也沒有什麼別的要求。

我對於這個發現非常高興，我並不是說這個發現就可以證明我的假定，但是我開始覺得自己的確有能力醫好一個病人了，於是我把注意力更集中在這個病人身上。當他橘子吃盡的第三天，他忽然要出去買東西。我問他要買什麼東西。他說：

「一些嬰孩的衣裳。」

「嬰孩的衣裳，有什麼用呢？」

「呵，你真是太年輕來瞭解一個老人的心境了。」他說：「我兒子昨天養了一個孩子，我是祖父了，你看，祖父，哈哈，我是祖父！我一定要買點衣裳給他。」

我當時答應他替他去買，但是事實上他並沒有拿出錢來。據我的意思，應當打電話給他的親人。但是看護以為這是規則以外的事。因為親人把他送進醫院，是要醫生用手術與藥去醫治他，現在如果每次病發時的要求，每次要親人來滿足，那麼別人何必把他交給醫生呢。

這個老年人唯一的親人是他的女兒，這女兒已經嫁人，他就靠著女婿，大概因為住得不洽心，更使他想到已死的兒子，所以就有了精神病。讓他住在家裡麻煩，所以把他送到這療養院來。根據他這個環境，似乎通知他家真是多餘的。

不過我已經答應了他，我一定要滿足他，我決定由我自己去買東西給他了。

但是就在這個時候，E．耆拉美醫師同我說，我的訓練期已經滿了，我需要開始正式工作，明後天就要離開這裡。

「那麼到哪裡去呢？」我問。

「到一個家庭裡。」

這使我驚奇了，因為自從我發現了我的理想，我對這老年的病人已經發生了興趣與情感，我也已經忘了我是一個在訓練的助手，好像我也是一個醫師一樣。我說：

「那麼為什麼不讓我在這裡正式工作呢？不瞞你說，醫師，我對於這裡的工作發生非常濃厚的興趣。希望你讓我在這裡工作。」

「這是不可能的。」

「為什麼呢？」他用手摸摸鬍子說：

「你知道雇你的人雖是我，不過需要雇你的人不是我。」

「這話怎麼講？」

「這是說，我斷定一個病人需要一個專人，如現在的你一樣的人去伴她，所以他們叫我代他們招請。」

「但是我在這裡發生很大的興趣，我寧使拿很少的報酬在這裡工作，不願意換地方。如果你需要到別處去的人，你再招考一個怎麼樣？」

「你的熱情很可愛，孩子。」他微笑著說：「但是這是絕對不可能的，因為第一出錢的人已經等得不耐煩，而且我再去找一個人來，又要費招考的錢與麻煩，招來了還要訓練幾個月。」

「……」我想他的話是對的，所以不再說什麼了。自然我面上總不免有不愉之色。

他看我很失望，用手拍拍我的肩頭說：

「你放心，你到那邊會感到更大的興趣的。好，六點鐘的時候你等我，我請你去吃飯，我再詳細同你談那邊的情形。」他說完要走了，我跟在他後面說：

「好的，但是，醫生，請你無論如何讓我延期兩天，我對於這裡一個特別有興趣的病人有一個交代。」

「這自然可以，這自然可以。」他說著出門去了，因為這已是他到診所去應診的時間。

四

夜裡，E・奢拉美醫師在一家華麗的地方請我吃飯，我開始知道，我要去擔任的是一個什麼樣的職務。

原來有一家非常富有的人家，只有一個獨女，她父親是一個皮鞋工廠的廠主。他想在美洲成立一個新廠。在投資的人中間，有一個青年的英國的貴族答應很大的數目，但是在幾次接洽以後，這青年忽然追求這個女兒。他女兒也非常高興同他來往，花前月下，每天在一起過著青春的生命。一個月以後，這個英國的貴族，忽然對她父親求婚了，她父親以為女兒既然常常同他在一起，一定是願意的，所以沒有同他女兒商量就答應了。但是事後同他女兒說起，她可大不高興，說她並不愛那人。但是她父親責怪她既然不愛那人，為什麼天天同那人在一起；而現在這事情，又影響到父親事業信用與前途。他父親是一個近代的商人，一句話說出一定要做到，所以他說：

「現在已經這樣，他也沒有什麼不好，你嫁了他就算了。」

「這怎麼行？我並不愛他。」女兒說。

「那麼你為什麼天天同他在一起？」父親責問地說。

「……」女兒想了一想勉強地說：「這是完全為你的事業。」

「為我的事業，那麼你嫁他。」

「這辦不到，我現在不想嫁人。」

這樣他們有一個爭吵，這位女兒自然沒有嫁給那位英國貴族，但不知怎麼，她忽然就開始有一個越出她家世的生活，整天在外面游蕩，交了許多男朋友。後來不知怎麼，大概一個不好的男友喝了點酒，對她有點無禮，她開了一槍，把這個男人打死了。請了許多律師，才在法庭上麻煩地把這件事解決。從此她就有了精神病，她吸煙，喝酒，賭博，同人吵架。她有時特別愛打扮，有時特別隨便，有時整天關在自己房內，有時整天在外面，有時半夜三更一個人駕著車在各處走，有時一個人到賭窟裡消磨一個整夜。她父母都非常愛她，現在實在弄得沒有辦法，請E·奢拉美醫師診視。但是她自信力極強，絕對不承認自己有病，她咒罵醫生，不肯吃藥，也不願接受醫生的忠告，不肯改變生活；外面呢，下流的男女朋友交得很多，他們都花她的錢，整天在各處叫囂，時常出事闖禍。曾有一次把她關在一間房裡，她忽然從窗口爬出去，三天沒有回來，賣了她的首飾，在旅館裡過夜；害得她父母著急非凡；現在聽了E·奢拉美醫師的主張，以為強迫她徒然使她病症加重，應當有一個專門的人，使她信任，整天跟她在一起，慢慢來改變她的生活，使她肯接受這個人的勸告，所以就由E·奢拉美醫師來招考這個人選，這人選現在就是我。

E·奢拉美醫師把這些告訴我以後，他說：

「你去，但不能讓她知道你同我的關係，也不能讓她知道你是去醫她病的。」他歇了一會，喝著咖啡，又說：「你到她的家裡去，算是她父親雇用的一個整理他家藏書的人。以後你應當儘量同她接近，你應當假裝作是她所交的那群低級的人，博她的信任，慢慢你再依照我的指示進行我們的治療。照我看，治療第一步先要她休息，要她神經安定，不緊張，第二步要她搬到海邊或鄉間，以後可以用針藥從生理方面去幫助她，那時候方才可以用醫師與看護。你的責任到那時可以說是完成了。」

我自始至終沒有說一句話，只是靜聽E・奢拉美醫師的說明與吩咐，最後，他說：

「你剛才說要隔兩天去。」

「是的。」

「好，那麼你星期三去。星期二夜裡九點時你在療養院等我，我還有話同你講。」

以後我們就走散了。我對於延遲兩天的要求，無非是要看看我所發生興趣的那個老年病人的反應。

第二天早晨，我一個人到百貨公司，買了兩套講究的嬰孩衣裳到療養院，把它們送給這個老年的病人。他很高興，興奮地說：

「你是確定他有孩子了麼？」

「你的兒子麼？他終會有孩子，為什麼一個祖父不應當早點預備呢？」

我看他很高興把這收下來，我離開了他。從那時候起到第三天早晨我離開這個療養院，我知道他的神經非常平靜。假如我是不離開他的話，我要一直滿足他這些瑣碎無系統的欲望，我要使他神經永遠平靜，慢慢地我要揀機會尋求，並且去解除他心理的結憂。但是事實是不可能的。我於第三天早晨搬到梯司朗家裡去了。

在這前夜，E・耆拉美醫師給我一封介紹信，他已於那天上午碰見過梯司朗先生，一切都已接洽好，所以只要我單獨前去就是。梯司朗先生上午在家等我。

在我離開療養院的前一小時，E・耆拉美醫師又叫我去，叮嚀我一切要小心從事，寧使日子多一點，但不能有一點點使梯司朗小姐討厭，因為她如有一點討厭，所有的工作都不能繼續，而前功都將盡廢；又告訴我有什麼問題隨時可以打電話給他，同他商量；最後他命令我從下星期起，每星期需要做一個詳細的報告，星期五晚上必須送給他檢閱。

五

是巴黎郊外的一個別墅，從鐵門進去，是一串平房，中間開著石拱。本來在外面還可以看到建築的屋頂，一進鐵門，裡面的建築反而看不見。從石拱進去，在我們眼前的一條平直廣闊的路，兩面是濃鬱的樹，樹林中隱約有些椅子。當前是一個噴水池，沒有噴水，池中立著Cupid像，繞過這池，路兩旁就站著許多石像，也有幾條支路。我被領著一直進去，但不久前面有樹林擋住去路，樹邊繞著路燈，燈柱是鐵的，結構得很古雅。這路似乎分為兩條，但繞過去，才知道是一個大圓圈，繞過半個圓圈，這別墅的建築就矗立在我眼前。這建築的前面是一片燦爛廣闊的花圃，旁邊有舒適的椅子，花圃很有規律，但右面散著兩三株樹，樹下是一個秋千架，左面又是一個噴水池，正噴著水，想是為求與右面的樹林對稱而建築的。向右面遠望，可以看到一片草地，一個網球場，再遠就是綴有花木的丘嶺。後面才知道那面有一個人造的池，池面很大，池水通到丘後成一條小河，這小河順小丘而走，直通牆外。從屋左過去，遠處是花房，再走過去，是一排兩層樓的房子，後來我知道那是車間廚房的所在。這二層樓房後面，有一片空地，那裡據說是馬廄，我很晚才走到，穿過馬廄有門，騎馬時可以從那面直到牆外。

這個園林可以說完全是法國式的，但是小丘附近，則有點英國公園的氣息，這中心建築，莊麗穩實，與外面布置極相稱合。

這想是路易十四朝代的建築，是梯司朗族祖傳的別墅。

這樣的房子是歐洲資本家都想有的。因為他們好像有一種特性，有了錢很想購置有名的園林家宅。我知道美國資本家愛建築新屋，不知是否因為美國缺少有歷史性大廈的緣故。中國以前一直有好古的風尚，但到現在，我所知道的有錢的人都愛建築愚笨，醜陋，奢侈而不美，不中不西，非驢非馬的上海洋房。作為寫字間，商店沒有什麼，但是作為燕居享受的家園，我以為是最愚笨的事，因為在這樣房子中出來的後裔，決不會有一個兒子是聰敏，也決不會有個女兒是美麗的。

當我走進這中心建築時，我更感到梯司朗先生不是普通的富翁，因為屋內布置非常疏朗莊嚴，寬大的走廊上，除了需要的地方裝飾著古舊的畫幅外，沒有什麼摩登的玩意，破壞這建築的趣味。

但是我受不了這空氣的嚴肅與沉重，我渺小地走進客廳，在這樣廣大富麗古雅的房間中，我做客人是第一次，所以有一種說不出的感覺。家具都是深色的鏤花的古典的形式，非常疏朗有致地放著，壁上有幾幅畫，都是古典主義的，據我所知的來說，那張Meissonier拿破崙行軍的畫幅，怕是最近代的作品了。

最令我注目的是角上一隻六尺高的古銅架子，中間框著一幅女子的人像，穿著貴婦人的衣裳站在那裡，想來是梯司朗氏的祖上。但我在她莊嚴的面容之中，尋不出她年輕時嫵媚之所在，我只看到她眼睛包涵著聰敏，眉宇充滿著威儀，鼻子象徵著正直，嘴唇表露著堅決。

我正在注視的當兒，梯司朗先生進來了。他是一個五十多歲的人，態度非常沉靜，行動也很遲緩，他沒有E・奢拉美醫師的幽默與和藹，但很誠懇，似乎他永遠是說真話，好像無論什麼事，說得出都是做得到的，同他訂約似乎是並不需要字據的。

我們談話很簡單，也很一致，因為所根據的都是E・奢拉美醫師說到過的原則。在說完以後，他簽給我一張一萬法朗的支票。

這使我非常奇怪，我說：

「我上月的薪金已經領過，下月還是到月底再……」

「不，這是公費，你立刻會需要的。」他說著在我的身上打量一番，又說：「你應當先去做些衣裳，月底給我賬看好了。」

「……」沒有說什麼，我收受了。

於是他按電鈴，叫人先領我到他的圖書室去，因為這是我名義上辦公的所在。最後他出去了，回過頭來說：

「你要什麼，一切問管家好了。」

於是我隨著管家到圖書室，走進去是一間閱覽室，一端一個很大的壁爐，爐架上有幾件雕刻品，精緻的煤架放在爐內，對著壁爐是一套大而精緻的沙發，長沙發後面是一張長方的桌子。一端有一張大寫字檯放在當中，寫字檯後面牆上，飾著長劍與古舊的手銃，東南角有一隻坐地的大鐘，響著遲緩的聲音。與這個相對的地方是一個通藏書室的門。

一面是長窗，靠窗一隻橢圓的小几，望出去，超過走廊是小丘與草地，如果有人在打網球，我想叫起來也聽得到，一面就是我們進去的門，但門的地位，只占全牆二十分之一，其餘則是地圖的地位，地圖都架在上面的銅架，要看哪一張都可以隨意拉下來。

但是最使我注目的則是壁爐上面一幅大畫，這畫使我想到是十九世紀中葉偉大裝飾畫家撒望（Puvis de Chavannes）的作品。撒望的畫，我在巴黎國賓館，市政廳都見過，但印象最深的是梭蓬（Sorbonne）大禮堂的大壁畫「聖林」。那幅象徵學術的名畫之中，使我認識他澄明沉靜莊嚴線條與色彩。這裡所表示的也正是這樣，所以我立刻被它所吸引，使我感到，假如我的職務真是為梯司朗府上整理圖書，在這樣的屋子中，對著這畫幅，翻閱精裝雅版的書籍，這是多麼幸福的事情，但是我的職務竟與這個相反！

我正在這樣想的時候，那位管家說了：

「裡面是藏書室。」

我依著他的指示進去。那裡四壁都是書，一張長方鏤花的檯子，與高背的軟椅，以及一架書目櫃外，還有兩架取書的梯子。我正想翻翻書目時，但是管家好像不耐煩似的說：

「你的行李，先生，他們已經搬到你的寢室去了。現在讓我帶你去麼？」

我覺得他的態度太嚴肅了，於是我就踱到外間，這時候我在寫字檯上看到一個精緻的煙灰缸，我乃從袋裡拿出紙煙，我自己啣上一支以後，把煙匣遞給他說：

「吸支煙麼？」

「不。」他笑著說：「我是不吸煙的。」

「這裡的空氣在我是太生疏太奇特一點，讓我們坐下來，談一會怎麼樣？你一定可以告訴我一點這裡的情形。」

「這裡的情形，我知道的也有限，」他又笑了：「你住久了，就會知道的。」

「那麼我可以先參觀參觀這裡的房子麼？」

「自然，這是我的責任。」他說：「但是先生，你不想先休息一下麼？」

「假如不太麻煩您的話。我想先知道一個大概。」

「我是隨時都等你吩咐的。」他謙恭地：「那麼讓我帶您去。」

我於是跟他出來，從寬闊的走廊上走過去。走過好幾個門，都沒有進去，他只在門口告訴我那是晨室，那是女紅室，那是彈子房，那是古玩室，那是名畫室……最後我們穿過一所大廳，那裡面藏著十幾幅人像，他告訴我那些人像都是梯司朗氏的祖先，大半是歷代的名人，我發現其中只有一幅是女子，那就是我在客廳中古銅架子中看到的一位。

客廳有兩間，一間我是進去過的。這位管家在門口介紹一句就帶我到飯廳，飯廳的色彩布置得很濃，幾幅畫都是浪漫派的作品，其中兩幅是浪漫派大師Eugène Delacroix的手筆，中間放著丈半的長桌，桌上只有兩大瓶鮮花，高背軟椅都是金色的料子，很少其他的裝飾，偌大的房間更顯得莊嚴，通過飯廳是音樂室，兩隻鋼琴與兩隻箜篌放在當中，管家感慨地說：

「這裡，以前有多少音樂家在這裡演奏，多少高貴仕女在這裡鼓掌交際跳舞。」

他說著，就掀起金黃絲絨的帳幃，讓我走進隔壁華麗的舞廳。

「那麼，現在呢？」我問。

「現在，時代變了，老爺整天在外面，忙著事業，交際應酬也都到俱樂部去了。小姐小的時候還在這裡彈琴，後來大了，偶爾奏奏音樂也都在樓上。病了以後，這裡幾乎沒有人再進來。」

這時他忽然告訴我那面是休息室，那面是吸煙室，但沒有帶我過去，一面說著一面從寬闊的樓梯帶我上樓。穿過許多雕刻的人像，又是許多的廳堂，這些廳堂同下面一樣的古雅與富麗，不過有一點不同，不知是故意還是偶然，樓下廳堂的裝飾以畫為主，以雕刻為副，樓上則以雕刻為主，以畫為副。其中有兩間小廳，一間坐起室，他告訴我只有這幾間房間是太太小姐時常用到的。走廊那面沒有走過去，沒有他告訴我已猜到是太太小姐的寢室部分了。三層樓我們根本沒有上去，管家告訴我，上面除了一部作女僕的臥室以外，都已鎖起。所以就是上去，也沒有什麼可看。

此後我們就下來，經過長長的甬道，就到了屋後兩層樓的房子。管家一直帶我到汽車間，我看見裡面放著四輛車子，他這時忽從袋裡摸出兩把鑰匙說：

「這輛車子是歸你用的。」

「我看看，車號是RK3148」，他說：

「這輛是小姐的。」

這是六缸的「逗拉駛」，全身綠色，車號是RK9452，其他兩輛都是銀灰色的，他沒有介紹，但是我也注意到它的車號，我想這是我需要知道的。車房的隔壁是廚房，他領我進去，一個廚子兩個男僕在裡面，他們都對我看，管家告訴她們我是X先生，他們對我行一個淺禮，我還一個禮，管家就帶我出來。我說：

「你們是睡在那上面了？」

「是的。」

「你在這裡多年了吧？」

「十多年了。」

「你家呢？」

「在鄉間。」

「你常回家麼？」

「兩星期我總回去一趟的。」

我們從園中繞過來，他帶我到我寢室的門前，為我開開門說：

「X先生，你該休息一下了。」

他正要走開的時候。我說：

「你怎麼知道我名字的？」

「老爺昨天就說過。」

「那麼為什麼不讓我知道你的名字呢？」

他笑了，但是隨即客氣地說：

「我叫作貝翁脫。」

「好，謝謝你。」

他走開了，我關上了門。

這間房是圖書室同列的前端，正面正是別墅的前景。將那落地窗打開跨出去是走廊，走盡十幾步階梯就可以跨到花圃與草地；遠望出去則是幾株樹同一個秋千架，以及幾個石像。如果向右面望去，就可以看到噴水池；假如有汽車從車間出來，到噴水池的旁邊我就可以見到，如果在夜裡，從左面轉出來的燈光，都會投我的前窗，旁邊的窗則與圖書室的窗同景。室內布置自然是古雅莊麗極了，叫我住在這樣的房內，在我經驗中實在是一件突兀的事。而且我在擔任一件我過去不但沒有經驗過而且沒有聽見過的工作。到底這位小姐是什麼樣一個人？是什麼樣一種病？我應當怎麼樣進行我的工作？什麼時候可以會見我的病人？這在我都是問題。

我一面想著，一面理我的行李，四周靜得非凡，有點風從窗外吹進來，更使人感到無比的寂寥。沒有法子再理我的東西了，我坐在沙發上，抽起一支紙煙。我靜待變化的到來。

六

大概隔了一點鐘的時間，有人敲門了，我說：

「請進來。」

進來的是貝翁脫，他告訴我梯司朗太太召見我。我於是跟他出去。

就在那間二層樓的小廳中，我看見一個稍稍嫌胖的婦人坐在那裡，她看我進來就站起來同我握手。我在她熱望的目光中，看到她好像已經期待我許多日子，以為我一到她家，她女兒的病立刻就會好似的，所以她非常慈和與殷勤地招呼我坐下。她說：

「我已經從E·奢拉美醫師地方知道你是一個合於理想的醫師，我女兒的幸福，現在全在你的手上了。」

「我自然盡我的力，太太。」我說。

「據E・奢拉美醫師說，第一步先要使我女兒同你接近，信任你，但是她是最怕在這裡會見生人的；第一次印象不好，我想以後反而使她預防。所以我想還是讓你們在自然一點的環境中碰見為好。你以為怎麼樣？」

「這一切只好隨機應變，我還不知道她的一切，我想太太的意見總不會錯的。」我說。

接著她報告我她女兒的許多變態行為，說在酒吧間賭窟裡許多下流地方，會見人就會一見如故，這裡碰見人總不很愛招呼。說她外面交了許多不正當的男女朋友，問我怎麼樣把他們疏去？又說到她只有這樣一個女兒，只要她好起來，她犧牲什麼都可以，於是又告訴我她每天怎麼樣為女兒祈禱……

我對於她的問語都不能具體回答，她的服飾於她身分上的莊嚴非常調和，但是她的嘮叨的語調，實在破壞她整個莊嚴華貴的氣氛。在這裡我發現她心底的母愛，這母愛在最富貴的最有教養的女子同最貧窮的最無知的女子都是一樣的。我沒有說什麼，但是我想起來一件事情，我說：

「太太，我既然在這裡負責這個事情，我希望你允許我一點充分的自由。……」我的話其實還沒有說完，但是她說：

「自然自然，E・奢拉美醫師已經詳細講過，你儘管照你所想做的進行。」

「第一步自然先要讓我認識她。」

「是的，是的。」她說著就按電鈴。

沒有半分鐘的辰光，我從窗戶看見一個美麗的女子過來，呵！竟有這樣美麗的女兒！我非常注意她的舉動與韻律，我發現不出什麼變態，接著開門進來了，我自然特別注意她的臉。長的睫毛，碧色的光芒，除了一個誘人的美以外，一點沒有什麼特別。

當時我已經根據普通的禮貌站了起來。但是梯司朗太太忽然說：

「海蘭，你把我房內小姐的照相拿來。」

這使我很窘，因為我竟只注意她的身體，沒有注意她的服裝，我恐怕梯司朗太太會暗笑，笑我這樣沒有見過世面，把一個女傭當作了小姐。為掩飾這個窘羞，我走到旁邊的一幅油畫前面，我問：

「梯司朗小姐是否很喜歡美術？」

「是的，以前她很喜歡，但是她不會繪畫，她只會奏一點鋼琴。」

我注意梯司朗太太的表情，不知是不是她有慈愛，不忍露出她對我的譏笑，還是她真被我掩飾過去，沒有知道我的窘狀。我沒有說什麼，悄悄地望著畫，接著我又回到我的座位。她說：

「你也很喜歡美術麼？」

「很喜歡，但是沒有研究。」

海蘭拿著照相來了，梯司朗太太接過來遞給我。我拿起照相就覺得驚奇，因為我發現我好像在那裡見過這個小姐，我抬頭看看梯司朗太太，我覺得這位小姐一點也不像她母親，如果要勉強說有點像，那麼怕只有嘴角一點點笑紋。但是我到底在什麼地方見過這位小姐呢？我怎麼也想不起來了。我在思索。

「覺得她美麗？」梯司朗太太笑著問我。

我感到一種羞慚，這樣的問語顯然不是這樣的太太在這個環境中說的，所以說這樣的話，我想是因為我把照相注意得太久之故。我說：

「自然是美麗極了，非常像您。」但是我心中感到一種不舒服，深深地覺得做這個工作，醫治這樣的一位小姐，我是太年輕了。我忽然又想到療養院中那個老人，我應當先把他醫好才對。

「你能夠在照相中看到她精神上有點異常麼？」梯司朗太太又說了。

「我看不出，在這個容貌之中，我只看到美與華貴，剛強與堅定，以及超人的聰慧。」我這樣回答的時候，忽然想起我剛才在客廳之中所見的畫像，這照相中的面貌顯然與這畫像是很相像的。那麼我的好像在那裡見過的感覺，怕就是從剛才的畫像來的。我問：

「原諒我，太太，我可以知道你們客廳裡那幅畫像是這位小姐的誰麼？」

「那是她的祖母。」

「我覺得她非常像她的祖母。」

「是的，但是脾氣不像。」

「那麼，原諒我，我可以知道她祖母一點歷史麼？」

「她祖母，呵，這是非常能幹而有為的人。自從大革命後，百餘年來梯司朗族一直非常衰微，是她祖父一代，靠這位祖母的能幹與聰慧才把梯司朗族復興起來；她永遠莊重嚴肅，對外對內都由她一手管理；所有她的屬下沒有一個人不愛她怕她，聽她的指揮，為她盡力。就是這個別墅也由她買進。但是我的女兒，她知道花錢，放蕩，愛賭，愛玩。」

「她從小就是這樣不像她祖母麼？」

「不像，一點不像。自然以前並不放蕩，不過愛笑愛玩。」

「她讀書時候功課好麼？」

「功課倒不壞，這因為她好勝；但是性情總是好動，錢一直會花，愛打扮裝飾，愛交際，愛買東西。」

「那麼出了學校以後？」

「也是一樣。」

「那麼過去的朋友？」

「以前還都來往，但是後來都散了，有的到外省去，有的結了婚。」

「那麼現在的朋友們呢？」

「這都不是以前的，我不知她從那裡交來，我想都是下流的。」

「你見過她們麼？」

「沒有，沒有。」

「她們也到這裡來麼？」

「從來不。」

「太太，那麼這些朋友都是病發了以後交的？」

「是的。」她說：「在病發以前一個時期，老朋友都散了，新朋友沒有，她是很寂寞的；E・奢拉美醫師就說，這個與病也很有關係。」

「是的是的。」我說。

「你以後要知道她最近的情形，」她說：「可以問海蘭，剛才拿照相來的那個女傭，她才十九歲，可是很聰敏。」

我在那時候告辭出來。梯司朗太太忽然在我身後說：

「你要不要把這照相拿去。以後也容易認識一點。」

我說一聲：

「好的。」就拿著照相出來了。

七

這樣我就住了下來，一星期匆匆過去了。一星期中除了很少幾次在吃飯時候，碰見梯司朗先生及太太外，我幾乎沒有同他們碰頭；常常是我一個人在講究的飯廳用飯。梯司朗先生尤其少見，他幾乎沒有問起我怎麼在進行我的職責，梯司朗太太同我談的也都是空虛的問題，她似乎沒有安排我同她們小姐怎樣會面，好像我憑她給我的那張照相，就應當把這位小姐的病醫好似的。

我每天沒有事做，除了替換了幾套講究的禮服與衣飾以外，整天在圖書室翻閱這些博雜的書籍，自然我沒有心緒好好讀書。我在雜亂的翻閱以外，只在室內打圈。這間房間我已經很熟，只有三格鎖著的寫字檯抽屜我沒有開過以外，其餘好像都屬於我的一樣，我把我零星的東西放在寫字檯裡。每天在上面翻翻那本書，翻翻這本書，有時候寫一封無關緊要的信，午飯以後，我在沙發上打一個瞌盹。生活似乎很閒，但是我心裡很亂，我竟不知道怎麼樣著手做這件事情。

檯子上有一個電話，我很想打一個電話通知E・奢拉美醫師，但是我又沒有勇氣打，因為他本來已經把這整個的責任交給我。結果我叫通了療養院，只同一個看護談些話，問那些那個老年病人的情形，這是我常常關心的事。

第七天下午E・奢拉美醫師派人送來兩支手槍，以及一些子彈，這是他為我代向警察廳領來的。

這使我想到我已到我應當做報告給E・奢拉美醫師的日子。但是我有什麼可以報告呢？在把筆的當兒，我心中都是失望與苦悶。寫了一點以後，我覺得撒謊的地方太多，結果扯去了總有十來次。最後我想，與其日子久了，一點沒有結果，還不如趁早叫他另選賢能。於是我寫了一封辭職的信。

我先告訴他第一天梯司朗太太同我講的一些梯司朗小姐過去的情形以外，接著我就分析梯司朗小姐的病情，完全是這個嚴肅而古典的家庭空氣所造成，而現在這些變態的行為，正是對於這沉悶的空氣的反抗，是下意識的青春活力的發洩。最後說到我到現在還沒會見梯司朗小姐。這樣的空氣，對我的個性，實在是一種壓迫，每天想做點事而沒有事做，這大概是我能力不夠所致；所以最好你能夠選一個有機靈手腕，活潑頭腦的人來，因為我感到這樣下去，不但我醫治不好梯司朗小姐的病，或者甚至我也要得精神病了。

我把這封信交給貝翁脫付郵，可是第二天E．奢拉美醫師給我一個電話，叫我無論如何擔任下去，說本來這事情並不是三天五天的工作，所以必須忍耐。我自然沒有話說，因為我的志願書是我自己簽字的，而他的誠意與對我的信任，正鼓勵我的勇氣來堅持這個工作。

於是我每天想思索一個辦法來著手這件事情。

大概十三天以後的夜裡，月色很好，我在我房內看一本精神病學的書籍，忽然看見窗外一亮，有汽車的聲音。我就到窗口去望，看見那輛綠色汽車從車路駛出去，這汽車我知道是梯司朗小姐的。當時我很想下去追她，但是第一我已經脫下了我的衣服，第二我的車子一次都沒有駛過，待我穿好走下去，自然來不及了，所以只得忍耐下來，左思右想，我忽然想到了海蘭。這許多日子中，我竟忘了這個重要的人物，是梯司朗太太特地叫我可以問她的人物，而事實上十多天來，我一直沒有會見海蘭，這大概是我遺忘她的原因。

於是第二天早晨，早餐以後，我叫貝翁脫請海蘭到圖書室來。海蘭進來的時候非常自然，雖然她是第一次同我談話，但是她好像早就有準備似的。我請她坐下，她也就坐下了，我說：

「海蘭小姐，你大概總知道我來這裡的使命。」

「自然，先生。」

「但是我到現在還沒有同你們小姐見面。」

「這是很難的事情，她一點不想在這所房子內會見人。」

「你有沒有同她說過這裡多了我這樣一個人。」

「她知道的，太太已經提起過，說老爺用了一個整理圖書文件的人在這裡，但是她一點不覺得特別，沒有一點反應。」

「我奇怪極了，她的生活到底是怎麼樣呢？」

「有時候整天在床上，有時候整天在外面，最近每天很晚起來，半夜裡才出去。」

「吃飯呢？」

「總是由我們伺候在她房內吃的。」

我凝思了一下，沉默著。海蘭用驚奇的眼光看看我，我驟然被這個美麗的面貌，沉靜的態度所吸引，一個靈感似的觀念提醒了我，我說：

「海蘭小姐。」

「怎麼？」

「我在擔任這件事以前，沒有想到有這許多困難，連會見這位小姐都要費這樣大的麻煩，而這裡的生活實在氣悶得厲害。我已經向Ｅ・奢拉美醫師辭職，但是他不允許；可是我已經失去了我能夠醫好這位小姐的自信力，我怕我自己神經都快有病了。」

「……」海蘭沒有說什麼。她的視線避開了我的注視，聽著我說些無關的話。我繼續著說：

「我覺得在這裡生活著，就需要一份力量，沒有一個人在談話，空氣永遠是死寂而灰色。」

「是的，老爺常常不在家，太太有時候也出去，回來了只是打絨線，養鳥。」

「也沒有一個客人？」

「沒有。」她說著露出好奇的笑容。

「那麼像你這樣年輕而漂亮的少女，居然能夠待得下去。」

「是的，起初我過不慣，但是後來我覺得小姐待我實在太好了。我不但同情她，而且愛她。好像為她服務，在我都是光榮的了。」

「你來了幾年了？」

「兩年。」她說：「但是你問我這些作什麼呢？」

「我覺得假如你在這裡工作是為報酬的話，我很想你肯做我的助手，我願意每月津貼你六百法郎。」

「倒不光為報酬。不過假如這是於小姐有益的話，我什麼都願意。」她躊躇一會又說：

「但是我一點沒有醫學上的知識及經驗。」

「這是用不著的，不用說你，連我都用不著，醫藥上事情我們可以問Ｅ・奢拉美醫師。」

「那麼叫我做些什麼事呢？」

「只要你肯照我的話做，有時候你要跟我走，甚至是夜裡。」

「為什麼呢？」

「我們永遠要追隨著你們的小姐。」

「這自然可以。但是太太要不答應的，我想。」

「不要緊，我會同她去說。」

「那就沒有問題。」

「那麼謝謝你，我們就這樣說定了。」

「……」她露著最甜美的笑容點點頭。我望著她的笑容說：

「從明天起，你的第一步工作要記日記，記梯司朗小姐每天的狀況與生活。記她每一句話與每一個表情。」

「但是她在外面的事我不知道。」

「不要緊，我會使你知道，你只照著你所知道的去記就是。」

「好的，我照你做就是。」她說：「還有什麼別的事麼？」

「沒有什麼。」我說：「但是請你告訴我，我用什麼法子叫你最方便。」

「啊。」她想一想說：「你最好還是到圖書室裡按第三個電鈴，那個黃色的電鈴。」

「好的，謝謝你。」

於是這個美麗的後影在我面前消失了。

八

那天下午我做兩件工作，第一我到圖書室裡認清這個黃色的電鈴，第二我駕著我的汽車到外面跑一圈，回來我把車停在院內，那是於我最方便的一個地方。於是我同梯司朗太太接洽我需要海蘭幫忙的事情。她說：

「為什麼你需要這樣一個女孩子呢？」

「你想，太太，我是一個男子，而且年紀太輕，有什麼方法可以隨便同你們小姐接近呢？」

「這沒有什麼，你是一個醫生；但是，也好，海蘭雖然年輕，但很聰敏，而且她是我女兒信任的人，或者於你有幫助，你自己同她去說好了。」我很滿意的出來，洗了一個澡，睡了一覺。飯後，我換了一套整潔的衣服，抽著煙，看看書，靜候院內綠色汽車的動靜。

起初我很安靜地等過去了，但是十一點後，我的心開始緊張起來，我再不能安心閱讀，窗外的一絲聲音都使我注意，我不時向窗口去望，星光月色照著死寂的院落，淡淡的樹影鋪在地上，草地如一個湖沼，一二個石像披著紗似的，更顯得這庭院的寥落與古舊。

時鐘敲了一點，我感到一種清寒；但是我還是等著。自然我的心開始有點焦急，使我奇怪的是：這份焦急的情緒，會有點像在一個約會中等待情人一樣。我冷靜地分析自己，深深地感到要是光為這筆月薪我會這樣幹麼？其中的確有心理的成份，這成份是七份好奇三份好勝。

我在房中躑躅，前面是梯司朗太太給我的她們小姐的照相，於是我對它凝視一會。一個這樣端莊美麗的小姐會有精神病了，這是多麼殘忍的事。我驟然在她的眉梢眼角間，發現一種引人入勝的嫵媚，這嫵媚是她祖母所絕對沒有的。於是我想到我的職責，我感到一種說不出的光榮與自大，我是在同這殘忍的魔手搏鬥，要從這只魔手之中挽回她的美麗與幸福，青春與光明，於是一種無比的力量與勇氣，浮到我的心頭，我像是受了天啟一樣，我有一個決心來擔任這件事，窗口是星光與月色，我無意之中對著天空設誓，我必須完成我已經擔任下來的工作。

但是三點鐘已經快到了，院內一點聲響沒有，疲倦從我眼睛襲到我的周身，看來今夜是絕望了，我於是解衣就寢。

自從那夜起，我好像對這件工作發生了興趣。所以第二天我立刻問海蘭昨夜的經過。海蘭交給我她的日記。原來梯司朗小姐昨夜狂飲，兩三次想出去，結果都倒在床上，九點半醒來，忽然哭了，嚷著人生的無味。

在這日記中，我發現了海蘭之聰敏。我說：

「昨夜我一直等到天亮。」

「那麼你為什麼不叫我下來問我？」

「我想這是太擾你了，這樣晚。」

「這有什麼關係，而且現在這是我的責任。」她興奮地說。

「我不願意擾你，除非將來你對這事發生了興趣。」

「什麼事？」

「對於醫治你小姐的事。」

「自然我是有興趣的。我愛她，她如果永遠陷於這樣的生活中，在我也實在太悲慘了。我的力量只能夠安慰她，服侍她，現在假如能夠在挽回她的過程中占一份力量，這是多麼光榮的事。」

我沉默一會，她注視著我，最後我問：

「她常常發脾氣麼？」

「是的，常常，但是發了脾氣就後悔；她會把鞋子抛在我的身上，但是隨後拉著我的手哭著求我原諒。」

「她是不是有平和的時候呢？」

「是的，不，不是平和，是厭倦，對於生活的厭倦；於是她就躺在床上，對我流淚。她說，她要我不離開她。」

「她愛打扮？愛鏡子？」

「是的，但是她打扮好了，立刻脫去。最後十分之九還是隨便的出去。」

「所以你很同情她。」

「是的，所以為她，你儘管什麼時候都叫我。」

「那麼，假如這是於你方便的，最好還是你來通知我。當她預備出去以前，你下來通知我。」

「但是，她常常預備出去了，忽然又改變了意志；改變了意志，忽然起來又要出去。」

「都沒有關係，你只要一看她預備出去，就來叫我就是。我睡著的時候，你可以敲我的門。」

我在夜裡從此不再苦等。於是在此後第三夜的十二時半辰光，在夢中我被敲門聲驚醒，我立刻起來穿我的衣履。我非常興奮的等著，覺得今天起我總可以正式著手工作了。但一直等到敲過兩點，還是聲息都沒有；最後又是敲門的聲音。我說：

「請進來。」

進來的是海蘭，她抱歉似的說：

「小姐不出去了。」

「不出去了？」我感到一種惆悵，但是我接著說：

「好，謝謝你。」

海蘭為我拉上門，我心裡浮有沉重的寂寞，一個人在椅上任憑時間流去。

九

煩惱而又沉悶，不知不覺過了三天。那天我身體略略感到不適，我想總有幾分熱度在身上吧，晚上很早就躺在床上了。但是我沒有睡著，我在翻閱海蘭的日記：

「……我不知道她在裡面作什麼，她要一個人耽在房裡。隔了許多辰光，我去敲門，她不應；我以為她睡覺了，但是我聽見哭泣的聲音；隔不多久，這聲音也消失了，我又去敲門，她厲聲地說：『我不願意見你。』於是又隔了一個鐘頭，那時我心裡突然浮起恐怕，我怕她會自殺。所以我又在敲門了。『剝剝』……」

正是「剝剝」的敲門聲。我問：

「是誰？」

「是我。」不錯，這是海蘭的聲音，她接著說：「小姐預備出去了。」

我立刻起身，胡亂披上了衣裳。站在窗前打我的領結。大概沒有二十分鐘工夫，我看到了兩條燈光從東面射在院中蠕動。於是我立刻跨出門檻，跳進了我的車子。

等那輛綠色的車子游出來，於是我就跟在後面。

出了鐵門，順著右手走去；我緊隨後面，掠過了許多路樹路燈，慢慢的穿進了市區。

最後這綠色車子在一家酒家前停下了，我也立刻停了下來，我看見一雙黑手套的手把車門推開，隨著是整個的身體跳出去了。我沒有看見她的面部，只看見她的令人羨慕的身軀，穿一件很隨便的深紫色的上衣同淡藍色的下裙，用矯捷的姿態躍進了酒家，我追隨進去，這時我注意到招牌是：玫瑰酒店。

裡面許多人都對她歡呼，她好像每個人都很熟似的，大聲的招呼，接著圍著櫃檯上的一群青年，都圍著她到裡面桌子上去。這是一個下等的酒窟，這群青年似乎都是游手好閒之徒，衣服也不很整齊，態度尤其討厭。有幾個女的打扮得非常艷俗。我想像不出這些男女可以做像梯司朗這樣世家裡小姐的朋友，也想像不出這樣地方是梯司朗家庭裡的人所可以進來的。

我揀了一個地方坐下，這時候我才看到這位我的病人的面部。她正在吸煙，眼睛凝在空虛之中，同桌的男女在哄鬧，她有五分鐘沒有參加，後來別人推著她，她也就嚷起來，身體靠倒在一個男子的臂上。現在燈光很勻的鋪在她的臉上，我可以很清楚地看到她的面部，這當然是一雙美麗的臉龐，但是除了眼睛長得特別有風緻外，像這樣的面龐是西洋雜誌裡廣告上常有的輪廓，雖然面上略有胭脂，但還顯得蒼白，眉毛很好，與這雙眼睛非常調和，但是畫的成分比天生的成分為多。在她的表情之中，常常有凝視在空虛的淺笑，這一種凝視，是神經衰弱的一個特徵，但並不是十分變態。她的變態的地方，我尋不出，但在她突然一哄鬧，一沉靜之中，我看出她整個的心境在這兩極端間擺動。我推想她的人格一定是矛盾的結晶，最動與最靜，悲哭與狂笑，她的心上似乎架著一個倒來倒去的天平，像兒童們所駕的蹺蹺板，左端與右端各坐著悲哀與快樂，不斷的起落顛簸，使她整個的心境永遠在不寧之中。

當我不斷的對她們注視的時候，我忽然覺到我也正被別人在注視，這因為我是他們的一個生客，而我的衣裝在這個環境之中，也顯得過份的正式。我低下頭，喝侍者拿來的咖啡。

有五個樂手，在一個角落裡忽然奏起噪囂的爵士音樂，於是房內的人就在狹小的舞池上跳起舞來。那一群青年中有三對也參加了，梯司朗小姐同一個有小髫髭的人在舞，這時候我才注意到梯司朗小姐身材的窈窕美好。還有一個比較頎碩的女子伴著一個壯健男子，舞到我的面前。這個女子全身都是活力，似乎有用不盡快樂在心頭一樣，我能夠判斷她沒有用腦筋的時間，憑這付簡單的生命，她的確能夠享受這低級的音樂，原始的男性壓力，以及這整個的放縱氣氛。我於是注意到梯司朗小姐同她男伴的態度，她沒有笑，偶爾說一兩句話。男子也不顯得輕薄，似乎非常快樂的想接近這個女伴，但好像有幾分膽怯似的，總不敢放肆。

我默坐著，等一曲音樂完了，我吸起我的煙斗，非常不在意的坐在那裡，看他們歡笑狂舞。最後我看他們休息了，歇在那邊談話，於是我過去，到他們桌邊，請那位頎碩的女子同舞。我滿想在她的嘴裡探聽一點消息，所以同她談得很多，我告訴她我是異國人，初次到這裡來玩，所以非是寂寞。接著我問：

「你們一群朋友是常來的麼？」

「是的，我們常常來。」

「你們一定都是老朋友了，或者是親戚。」

「不，我們都是在這裡認識的。」

「在這裡，年輕人真快樂。」我說。

「……」她點點頭，歇一會，我說：

「這位穿紫衣的女郎我好像在什麼地方見過的。」

「見過？在哪裡？」她興奮著問。

「想不起來了。」我說。

「不見得吧，」她笑著說：「她是很神祕的，沒有人知道她的來踪去迹。」

「你也不知道？」我驚奇了。接著我問：「那麼你叫她什麼呢？」

「我們都叫她白蒂。」

「啊，白蒂，你難道不知道她姓什麼嗎？」

「不知道，她不說，我們也不再問她了。」

「這真是古怪。」我說著，音樂也停了，我送她到座位上，謝謝她。她們座上的人似乎很注意我似的，但是我一逕回到我的座位上。我靜坐在那裡，看他們這一群人笑樂，我想這也許是真的，梯司朗小姐也是他們間的謎。最後，我在白蒂凝視空虛的當兒，我過去請求她同舞。

當她把手放在我手上時候，我說：

「梯司朗小姐，這是好幾個月來唯一的希望，來認識你。」

「我？你怎麼知道我是梯司朗小姐？」

「對不起，小姐，你奇怪了。但是你為什麼不想到剛才和我同舞的那位小姐會告訴我的。」

「不，不，絕對不，他們沒有一個人知道我的姓名。」
「只知道你叫白蒂？」
「是的。」她說：「但是你怎麼會知道我的姓氏。」
「這是個祕密，」我說：「但是你放心，小姐，我不會泄漏這個祕密的。」
「但是你怎麼會知道的呢？」我說：
「假使我連這個都不知道，我怎麼會已有幾個月認識你的企慕。」
「你從我……我父親地方知道的。」
「不，」我說：「相信我，我不會對你說一句謊話。」
「但是……」
「請你現在不問這問題好不好？」我說：「假如明天夜裡你在這裡等我，我一定可以讓你知道我從哪裡知道你的。」
「好的，明天我等你。」她說完就沉默了，一直到曲終以後，她回到她座位上，吸一支紙煙，用渺茫的眼光望著空虛的空間，沒有說一句話。五分鐘以後，她離座了；她沒有出外，從裡廳裡轉進去。我注意著，靜等了二十幾分鐘，她沒有出來，於是我也到裡廳去，那裡擺著檯球，有許多人在玩；並沒有她的踪迹，我在猶豫的當兒，看見有人從右角狹小的門裡走來，我於是順著這門進去，那是一個狹弄，走盡狹弄才又看見燈燭輝煌的大廳，許多人在那裡吆喝，啊，原來這裡是一個賭窟。我遛了一圈，終於在某一桌上尋到了她，她在賭，是的。出手似乎非常豪闊，我看了一會，也買了小數的籌碼，在她旁邊隨便下注，我的目的當然不是賭錢，只是作為追隨她的手段。她似乎沒有看到我，但是不一會，那位在外面的頎碩的女子同那個蓄著小鬍髭的進來了，女的說：

「白蒂，怎麼樣？今天你一定有很好的運氣。」

「不壞，不壞。」她說。她抬起頭來，這時先看到了我，對我笑笑，但隨即招呼了她們的同伴。

我偷偷地注意他們，這兩位同伴也開始幫她賭起來，大概沒有好久的辰光，她全數輸光了；於是他們相偕著出來，我也就跟著他們，他們到外面要了威士忌酒，白蒂在狂飲了，我一直注意著他們。不知這位蓄著小鬍髭的人是醉了還是怎的，他回頭注意我，突然過來對我說：

「你為什麼老追隨著，老注意著這位小姐？」

「奇怪了，先生，你怎麼問我這樣的問題？」我笑了。

「我必須問你。」

「我沒有回答你的必要。」我正色地說。

「但是我要禁止你這樣注意她。」

「是我的自由。」

「我不答應。」他說著似乎要動武了。

但是這時候音樂響了起來，我過去請求白蒂跳舞，白蒂接受了，這使責問我的人沒有辦法。我同白蒂說：

「梯司朗小姐……」

「我希望你叫我白蒂。」

「那麼，白蒂，這樣的生活於你是多麼不調和？」我說。

「為什麼不呢？」

「這樣的生活會毀壞你的青春，殘傷你的健康，損失了你的美。」

「我本來老早沒有青春健康與美了。」

「你太自暴自棄了，你知道有多少愛你的人在看重你的青春健康與美。」

「愛我的人？」她突然震怒了，想擺開我的身體說：「原來你是我家裡的說客。你，你一定是同我父親串通的。」

我沒有讓她擺脫了我，跟著音樂舞過去，鎮靜地說：

「請你安靜些，以後，或者明天，」我這時忽然注意到牆上的鐘，已經一點多鐘了，我說：「啊，現在應當說今天，今天夜裡你就會知道我所說愛你的人是誰。」

「好的，」她說：「不過我希望你不要撒謊，世間並沒有愛我的人！……我家裡的人都在憎我，都說我有神經病，……」

她非常興奮，但是我打斷她的話，說：

「我不知道你家，我也不知道我家，我不希望你說家，這在我聽來是痛苦的事。讓我們談些快樂的事情吧。」

「但是……」她說時隨即被我急速的舞步打斷了。我說：

「不早了，你該早點回去睡覺了。」

「……」她沒有理會我的話似的，沒有回答。音樂終止的時候，我說：

「不要忘掉今夜的約會。」

我當時立刻付了賬出來，駕車一直到梯司朗氏的別墅；一路上我感到今夜的收穫已經很多，我覺得非常滿意。到房裡我卸下衣裳，熄了燈，吸著紙煙在窗口下坐著，我要看她到底什麼時候回來，但沒有到我吸完一支煙的時間，有道車子的燈光射進來了，我想：

「也許是我最後勸她回來的話發生了效力了。」

十

第二天，我把這些經過告訴海蘭，我叫她今夜伴我同去，並且把我預定的猜度與計劃同她說了，無論如何請她勉為其難來做。但是她竟熱心而興奮的答應了。

夜裡，當綠色汽車開出去後，海蘭到我的房裡來，但是，要不是我是預知的話，我真像不出這會是海蘭。她是這樣煥發美麗與健康，我一時竟找不出一句可以形容她的辭句，但是立刻使我想到在動物園中見過的一種長尾、細身、眼睛閃著光芒的鳥，我很想用這個鳥名來形容她，來叫她，但是我竟會沒有記住這種鳥的名稱，我好像覺得這只鳥就是叫作海蘭一樣，我帶著忘形的感情叫出：

「啊，海蘭！」

她非常愉快的奔到我的身前。她穿著一件淡灰色銀紋的晚服，在她活潑的舉動之中，橫加著壯麗高貴的條件，後來我想到是這個色彩與韻律，使我想到動物園中的美鳥。她高興地說：

「先生，你預備好了麼？」可是我沒有回答她，我說：

「海蘭，你太美了！」

「你真覺得我美麼？」

「自然，」我說：「這件衣服……」

「啊，這是一件小姐給我的舊衣服。」

「但是於你實在太合適而美了。」

「小姐也是這樣說，所以就送給我。」她說話的語調充滿了高興，我猜不出她的心理是浪漫還是寫實，我說：

「但是，太美了！」

「怎麼，你以為不好麼？」

「於是我自然是光榮的，但是這會使……」我忽然囁嚅著說不下去。

「會使什麼？」

「我想這會使，也許會使你小姐不高興的。」

「不，」她說：「不會的，她要我打扮，她看我打扮她就高興。」

「……」我想了一想，接著說：「是的，也許你說的是對的，也許是對的。」

「那麼讓我們出發吧。」她說：「她也許就要等你了。」

「好，」我覺醒似的說：「讓我們走。」

跳進汽車，我開始又想到我做這工作實在嫌得太年輕了，旁邊的海蘭使我竟會生一種特殊的感覺。她滿面是快樂的表情，時時靠到我身上來。車子在廣闊平直的路上，一點沒有波動，兩側的樹木在路燈下顯得非常新鮮，風打動了它們的枝葉，像是同我們招呼一樣，蟬聲叫得十分親切。天氣是這樣的美好，星月在天上，沒有雲；風吹來都是溫柔。海蘭又高興地靠攏來，突然，用發亮的眼睛望著，笑得像一朵花似的說：

「天氣真不壞。」

「是的。」我說著，無意識地把車駕慢了，無意識的用我的右手圍到她的身上去，她也就讓開了靠倒在我臂上。但這一靠的感覺，使我驟然意識到我行動的越軌。我立刻把手臂收回來。

「怎麼？累麼？」她說。

「不，啊，不是……」我支吾地回答，把車子加快了兩倍，路樹與中燈像深霧一般的掠過，車燈射到遠方。我這時想到了我們的目的，說：

「我怕會到得太晚。」

「這樣快，假使出了岔兒，會到得更晚的。」她說，說完而且笑。

這是什麼？我不知道，是誘惑還是開玩笑，這笑聲使我看她一眼，於是我又無意識地把車子駕慢了。我覺得她的態度的確已經忘了我們鄭重的使命，把這次的工作當作我們的偕游。但是我自己呢？她說：「這樣是最舒服的速度。在這速度之下，我們方才不辜負這初夏的夜景，與明媚的天氣。」

「不過，海蘭，」我說：「我們總應當明白我們是在做一件醫師的工作，不是來遊春的。」

「在我，」她說：「工作與娛樂永遠在一起，這兩樣永遠是分不開的，沒有工作的娛樂我不愛，沒有娛樂的工作我不幹。」

「那麼，難道你服侍你小姐的工作，是有娛樂的性質麼？」

「自然，在這樣富貴的一個家庭裡，伴這樣美麗的一個小姐，整天同她在一起，不是一件快活的事情麼？」

「但是這是娛樂麼？」

「是享受，但是享受就是廣義的娛樂。」她說了，又望望我。

「……」我沒有話說了，這種鋒利的應付，抹煞了我的自大，我在她光明的視線中，驟感到自己的渺小。這是一種自卑的心理，使我立刻忘忽了我自己的地位與立場，我說：

「假如光是為遊玩，我想你不會在這夜裡伴我在這車子裡。」

「也許，」她說：「但是以後我自然也會願意。」

「那麼是工作使我接近了你。」

「是的，」她說：「而且也只是工作使你認識我。」

於是我們進了市區，我們在玫瑰酒店前下來。在轉角地方，我尋到那輛綠色汽車，但是我們進去了竟尋不到梯司朗小姐。

我想她一定在賭窟裡面，所以毫不焦急地先坐了下來；海蘭這時候顯得侷促起來，因為這裡那些喝了酒的，衣飾零亂的男女，都在作原始的哄笑取樂，在她是不習見的。

「怎麼到這種地方來呢？」

「這是工作。」我回答她，又說：「你坐一會，我去找梯司朗小姐去。」忽然我想起一句話，我問：「她的名字是叫白蒂麼？」

「不，」她說：「叫依利娜。」

「但是在這裡你要叫她白蒂。」說著我走開去。

但賭窟裡竟沒有白蒂，我猜想除非她到更衣室去了。於是我又回到我們的酒吧，那裡正奏起音樂，大家正在跳舞。這時我看見一個男子，後來走近了，我發現就是昨夜那個蓄小鬍髭的人。他在強海蘭伴舞，海蘭畏縮地不應允他，引起他更甚的勉強，這勉強使海蘭更加害怕而不敢應允，所以她當時就像幾乎要哭似的在掙扎。我走過去了，她似乎得了一個依靠。這男子好像酒已經喝夠了，並沒有注意我，我遲緩而冷靜地過去，說：

「先生，對不起，我想這樣勉強一位小姐是不應該的。」
「這是你的女人？」他閃著紅暈的眼睛說。
「不，先生，不是這樣說。」
「那麼，滾開！」他用他有力的手臂格開我。我說：
「你這樣太無禮了。」
「他媽的！」他說著揚起手就向我推過來。

在我，不知道是不是因為受過些技擊的訓練之故，我不自覺的將這雙襲來的手一帶，這使他失去了重心，傾倒旁邊一張桌上，自然他即刻用手扶持了。在這一瞬間，我立刻浮起了懊悔的心境，我竟忘了我學過技擊；同時我也奇怪我的手底竟有了我意外的能力，因為實際上這是我一次應付實際的襲擊。

這時對方已經惱羞成怒，他握緊拳頭照我打來，我閃開了。在這個情境下，照我所學的能力很容易使他倒在地下，在技擊的理論上，除虛裝聲勢以處，沒有一個漏空的襲擊可免對方得利的反手。但是我忍住了，這第一因為我怕多事，第二因為海蘭實在顯得太驚慌了。但是對方竟更加生氣，站定了他的身子，鼓足了氣要再對我襲擊，許多人都圍攏來，但並沒有勸架的人。這是一個下等的酒店，大家對於軟性的刺激已經麻木了，有人打架變成特加的節目，正如一個外來唱歌家到音樂台去唱歌一樣，使他們可以有一種一時意外的興奮。他們已經圍成了一個可以讓我們動武力的圓場，有些叫喊著，有些鼓舞著。海蘭非常驚慌的來拉著我。我剛要叫她坐到那邊時，對方襲來了，我已經來不及躲開，拳頭在我耳邊擦過。這需要我鎮定一下；但是在觀眾，尤其是對方的朋友們歡呼笑聲之中，他乘勝就衝了過來，可是當他拳頭未達到我身上時候，我把身體蹲下，並沒有動手，只用我的肩胛從他小肚上一頂，他就倒到我後方去了。這並不是凶狠的反擊，我也沒有乘勝去攻打，但是我必須準備他的反攻，但是當我立定之時，發現他竟受到我意外的創傷，原因是的下額竟落在桌邊，他倒在地上不是立刻可起來的。許多人叫喊與鼓動，使他勉強站起來；他狂怒得像一隻受傷的老虎，似乎想找甚至什麼武器的時候，突然，一個外來的呼聲使大家都停止了。這是白蒂，她驚呼著：

「海蘭，」一面就迅速奔過來，拉住了海蘭，說：「你怎麼會來這裡，海蘭？」

海蘭站了起來靠著白蒂，我不知道她對白蒂說什麼。同我打仗的男子這時走到白蒂地方去；但是白蒂沒有理他，她過來到我的面前，責問我說：

「你為什麼帶她到這裡來？」

「我，啊，我不願意失信。」

「失信？」

「我同你約定今天讓你會見愛你的人。」

「啊。」她嘴角露出一個微笑：「那麼你現在帶她離開此地。」這時海蘭也過來了，我說：

「那麼你呢？」

「她自然也同我們一同走。」海蘭說。

「不，我不。」

「那麼我也不走。」海蘭天真地說。

「好的，那麼我伴你們去，但是你答應我以後不來這裡。」

「你也不再來這裡。」海蘭笑著說。

白蒂笑了笑。於是她招呼侍者，給了他一張一百法郎的票子，向那個同我相打的小鬍髭的招招手，拉著海蘭向外走，我於是就跟在她們後面。

到門口。我走上去問海蘭：

「那麼我們到哪裡去呢？」

「……」海蘭沒有回答，望望白蒂。白蒂望望我，說：

「我們到古堡咖啡店去吧。」

海蘭於是坐在白蒂的車內，我一個人駕一輛跟著她們。

古堡咖啡店是一個很上等的地方，樂臺上奏著古典的音樂。我們就坐在一個較清靜的角落裡。

海蘭開始說話了：

「你大概不認識這位先生吧，小姐？」

「不要叫『小姐』，在外面你叫我白蒂好了。」白蒂說的話是不切題的，這時候我非常注意她的口音與舉動，看她是否有顯著精神病的徵象，但是海蘭接下去說：

「他就是那位整理圖書的先生。」

「……」白蒂沒有說什麼，眼睛望著虛空，似乎在想些什麼。我知道她心底有對我懷疑的心思在醞釀，所以趕快搶著說：

「海蘭，你為什麼要這樣介紹？不說我是你的好友？」

「但是在我們主人面前……」

「是的，不過現在是在外面，是在古堡咖啡館，不是在古堡家庭。」

「古堡家庭？」白蒂問了。

「是的，請你不要生氣，我常常同海蘭說，你們這個別墅像沒有人住的古堡。」

「使你感到寂寞？」

「不是寂寞，而是可怕、凄涼與黑暗。」

「那麼你為什麼擔任這個工作？」

「自然我對於書籍的興趣，梯司朗先生的古籍版本實在是收藏得太豐富了。而且再說當初也想不到一個這樣富豪的別墅裡會有這樣陰森的空氣。」

「那麼為什麼還繼續待著？」

「我愛你們的圖書，還有，不瞞您小姐說，」我把嗓子音放低了說：「而現在我還為海蘭。」這句話很使海蘭有點驚奇，我於是又立刻把話轉開去：

「現在你可能知道我昨天是受誰指使的了。」

「……」白蒂笑笑望望海蘭。

「你以為海蘭這樣聰敏活潑美麗的人，為府上這點薪水，就肯長悶在古堡裡面麼？」我說著笑笑：「不，不，小姐，這是為愛，為愛你，為你的健康與美。」

「海蘭？」白蒂看著海蘭似問似嘆的輕輕地叫她。

海蘭在這白蒂的注視下，顯得更加美麗了；眼眶中充滿著感激的淚水，拖長著聲音叫：

「小姐，……」

「叫我白蒂。」於是又注視著她說：「你真的這樣愛我麼？」

「是的，我永遠這樣同你在一起。你到哪裡，我跟你到哪裡。」

「好的。」白蒂說：「好的，我永遠要你跟著我。」

……

十一

自從那天以後，白蒂的生活，的確有點改變，雖然還是哭笑無常，睡眠無定時，但是她出門總是同海蘭在一起。據海蘭的報告，她們出去總是在高級的咖啡館裡，歌劇院，音樂會消磨日子。後來由海蘭的慫恿，不時也叫我陪她們同去，有時候她們從咖啡店打電話給我，叫我去找她們，日子一多，我們三個人就時常在一起，常常於音樂會歌劇院散後，我們在咖啡店直談到天明。白蒂總是不想回家，有時候我們在旅館裡玩撲克牌過冗長的夜。白蒂會常常忽然變成很疲倦似的，接著躺在床中睡著了，我同海蘭就在沙發上打瞌盹。

日子過得非常容易，我也似乎忘了我自己的職責，每次給E・奢拉美醫師的報告，也從很有進步的現象到了滯呆不進的狀態。平常也許可以忽略，但每到做報告的時候，使我想到我身上的職責，感到這樣下去總不是一個辦法。

於是我策劃了一個計巧，同海蘭商量定了，在一個白蒂不出去的夜裡，由我上樓找海蘭，讓我們在白蒂所睡的鄰室演一出逼真的戲。

上樓看海蘭，現在在我已是常事，但是再沒有這次這樣使我心跳與害怕。那是九點鐘的夜裡，海蘭告訴我白蒂已經就寢，但是躺在床上讀喬治・桑George Sand的小說，這自然是一個再好不過的時機，於是等海蘭上去了不久，我也就跟著上去。

我敲門。

開門的自然是海蘭。她說：

「怎麼？什麼事？這時候……？」

「海蘭。」我說：「我有話同你說。我的工作再一個月就可以結束了，我一想到我離開此地以後，就很難見到你，我就不能夠安眠。」

「你也可以來看我的。」她說。

「是的，但是最多只能在會客室談半個鐘頭了。」我說：「問題只在你愛我不愛我，海蘭，假如你愛我的，你為什麼還要在這裡，在這死氣沉沉的古堡裡？海蘭，你必須先離開這裡。那麼我工作完了，就讓我們結婚，我愛你，海蘭，這是實情，我要使你快樂，我相信我能使你快樂。……」

「但是她還沒有完全好。」

「她，啊，你又是為她；她有什麼病？她的病只是太閒太有錢。你為她，為她就在這個古堡裡耗盡你的青春麼？」

「但是，……」海蘭囁嚅著說：「我愛她。」

「那麼你不愛我？」

「愛你，是的，」海蘭：「但是要我離她跟你，必須等她好了，或者……」

「或者等她死了，是不是？」我搶著說。

「是的，這因為我先愛她，假如我愛了你就拋棄她，那就是我愛情的沒有價值。」

「但是我愛你，如果我離開此地，再不容易同你在一起，那麼我會生病，我會死。」我說：「海蘭，聽我話，我為你著想，你待在這裡是完全於你自己有害的。這樣沉陰的空氣，這樣的生活，從早晨到夜裡，大家忙碌，忙碌到夜，沒有一句大聲的說笑，沒有一種遊戲與娛樂。偌大的花園沒有人去散步，偌大的廳堂都空著，只有梯司朗祖先的遺像，偌大的圖書室沒有人進去。我們一群人無緣無故在忙碌，掃淨了灰塵，關在那裡，等第二次的灰塵，……這是為什麼？為什麼？你說，為梯司朗先生與太太小姐的快樂與舒服麼？不，不，這只是為『梯司朗』這個世家的名字，為這個死的無用的望族的虛名；二十幾個活人的生命與青春都在這裡消耗。老爺太太小姐是的，他們是梯司朗的嫡系，犧牲了青春與生命，將來也可以有畫像掛在廳堂裡，讓後世子孫為它們忙碌，我們為什麼？難道也為這個虛名而毀滅自己的青春與活力麼？像你這樣的聰敏，美麗，……」

「不要說了，不要說了。」海蘭阻止了我。

「那麼你答應我，至晚當我離開這裡時，也離開這裡；海蘭，你是愛我的，即使你願意為小姐的緣故，情願將自己的生命為『梯司朗』一個招牌而犧牲，那麼難道不肯為我著想，當我離開這裡以後，難道還叫我的靈魂為你的緣故，也為這一個字而犧牲麼？」

海蘭不響，歇了一會，她說：

「唉，你為什麼也到這裡來做事呢？」

「我，這是命運！我為書籍，但是怎麼想得到有名的梯司朗家裡竟是一所墳墓；光是墳墓也好，我可以隨時離開這裡而奔到人世去，但是偏偏這墳墓裡會有一個你這樣的天使。」

「……」海蘭陷於沉思之中。

「海蘭，」我說：「快不要再猶疑了，相信我是愛你的，而我要使你幸福。」

「唉，……」海蘭嘆了一口氣，歇一會她說：「你太使我痛苦了，現在你去。」

「那麼，海蘭……」

「你去，你去！」海蘭歇斯底里地說。

「但是，海蘭，我要你說……」

「你要逼我怎麼樣？難道就不許我考慮一下麼？」海蘭哭了：「你去，你去，假使你是愛我的，不要使我太痛苦吧，現在快去，她，……她……」

我就在這個時候走下來。坐到在沙發上，好像做了一個奇怪的夢一樣，使我一切都迷惘起來。

由最近幾個月的來往，白蒂給我的印象似乎更確定了。我覺得她生活上雖然想脫離這個古堡，但享受上還是離不開這個古堡的。她有青春之火在她胸中燃燒，但是環境是一個冰桶；她有許多理想，還有配置這些理想的生命力，依她的年齡，正是憑生命力去實現理想，創造環境的時期，但是她的環境實在太固定，這是有幾百年傳統的環境，不是輕易可以變動的。她讀了許多小說詩歌，文學中的美與愛，以及人生方面的探索，使她的理想更加高深與豐富，這些理想同許多浪漫的情緒不能在環境之中滿足與表現，所以就蘊積在胸中，使她整個的生活失去均衡；她已是需要愛情的年齡，而對於愛情有過份純潔偉大崇高的理想，這種愛情的標準，連她父母的愛都使她失望，……但無論如何，梯司朗這個名詞，在她總是光榮的，當她不願在酒吧中說出她的真姓名之時，我就想到這點。那麼假如我今夜對於梯司朗的話她是聽見的，她應當出來向我責問，但是竟不，自然，我的這些批評，並非是我的獨創，而是從她日常所發的議論歸納起來的。至於她其他的反應怎麼樣，這要聽明天海蘭報告。

但是使我恍惚的，還是海蘭的態度，海蘭今天竟有這許多情感來串演這樣的戲，是她的戲劇天才還是什麼在作祟呢。她引起了我的情緒與戲劇的本能，好像我是真的去求她與我同走一樣。

那麼，假如真的到了我應當離開她，而不能常見她的日期，我的心境會是怎麼樣呢？這是我一直沒有想到的，而現在居然想到了，我沒有法子回答自己，我心神更加恍惚起來。

窗外下著雨，這種聲音似乎反而增加了空氣的靜寂，在寂靜之中反省自己的心情，這像是處在黑暗之中，看外面亮光下的事物，顯得非常清晰起來。我沒有法子掩飾自己，我的心理是一種痛苦與失望，這是海蘭給我的。雖然一切的戲都是我編定的，我要求她離開這裡，也不是我實際上的欲念，但是她的拒絕竟會使我痛苦與失望！這因為我的心現在是已經經不起海蘭的拒絕與否定，難怕是偽作。問題是在這裡，假如實際上正是這樣的情境，她到底是應允還是拒絕？——海蘭剛才實在表演得逼真，開始時候我愁她會表演得不像樣，但現在我竟為她太逼真而憂愁！

突然，窗外有亮光把我驚醒，我立刻跳了起來，我還未奔到窗口，有人敲我門了。我去開門。

「小姐一個人出去了。」海蘭驚惶地說：

這是二三個月來沒有的事情，從上次以後，白蒂出去，她都約海蘭，後來也自動的約我。現在怎麼忽然會一個人出去了呢？我在驚奇之中，但仍舊自己鎮定起來，我問：

「你怎麼不早通知我呢？」

「我默坐在外面沙發上，」海蘭說：「聽見她突然的起來。於是我立刻跑進去，問她要什麼，她一句話也不說，甚至埋也不埋我……」

「她有提起剛才我們的對話麼？」

「沒有，沒有，她隨便披上一件衣服就出來。我沒有想到她會一個人出去，同時當她生氣似的一瞬間，我是沒有機會離開她來通知你的。」

「那麼我走了以後，你做些什麼事呢？」

「我當時感到一個說不出的恍惚，倒在沙發上坐著。」

「啊，你一直在沙發上……」我自己默念著，回頭走開去，櫃上是梯司朗小姐的照相，這使我想起我應當做的事情，我說：

「那麼，快，讓我們去追她去。」

跳上汽車，我心裡突然有一種特殊的感覺；自從第一次同海蘭兩個人坐車到玫瑰酒店後，幾個月以來，我們出去都有白蒂在一起，現在又是我同她兩個人了。但是情形有這樣的不同！這不同雖出於我同海蘭長期合作的交情，但是經過剛才夢一樣的表演，整個的世界似乎改變了顏色。我盡力壓制自己，使我自己的態度不異於平時，但是海蘭的態度使我再不能夠自然，她幾乎不願，也不敢正眼看我，她失去了平時的活潑，天真與敏捷，眉梢展揚著尊嚴，眼暈掛著失望，嘴角帶著不安，沒有說一句話，坐在我的旁邊。要說是生氣，神情上不會這樣柔順；要說是害羞，舉止上不會這樣尊嚴；這很使我感到不知怎麼來打破這空氣才好。因而我也變成沉默起來。

最後，當汽車已已在濛濛的雨塵前進的時候，我開始打破了這不自然的沉默：

「海蘭……？」

「……」她沒有回答我。

「你在想什麼？」我回頭過去。

「啊，」她回頭過來：「我沒有想什麼？」

這時她的視線碰到了我的眼睛，她露出微微的一笑，面頰上浮起羞暈，但立刻把眼光射到窗外，與汽車的燈光的盡頭相交。

「是不是我有什麼使你不高興了？」我說。

「沒有，沒有。」她說：「你怎麼會使我不高興。」

「那麼你對於我們這件工作有點厭倦了？」

「不會厭倦。把白蒂治好了，我的心方才有自由。」

「是的，那時候我的精神也有了自由。」我說。

「為什麼你這樣看重白蒂？」

「因為你不是說只有她好了，你的心方才能有自由嗎？」

「……」她沉默了。

這空氣立刻又變成同這天氣一樣的沉悶。我再想不出什麼話可以說，把車子加速一點來刺激自己。

十二

因為我猜想白蒂一定會到玫瑰酒店會她久疏的舊友的，所以我把車子逕放到那面，果然有那輛綠色汽車停在門外，於是我叫海蘭等在車內，我自己一個人進去。櫃檯邊圍著許多男女，那個小鬍髭同其他以前同白蒂在一起的男女，都在那裡，我想白蒂一定會在裡面。我靜默地吸起一支紙煙等在遠處。最後他們一齊唱歌了，歌聲未畢，大家把白蒂高舉在頭上，她手上擎著酒杯，嚷著：

「喝呀，朋友。」大家在乾杯了，我趕上去，鎮靜地叫：

「白蒂。」

「哈哈哈哈……」白蒂發出瘋狂的笑，對大家說：「他倒像是認識我的人呢？」

大家注視著我，一致對我取笑嘲噱起來。白蒂這時已經跳下來，她狂笑著過來：

「你也要喝一杯麼?東方人。我在請客，這裡都是我的老朋友。」

「啊，白蒂。」我走過去說：「海蘭在外面等你，同我一同出去，外面去講。」

「海蘭，哈哈……」她笑著說：「她在等她的情人，你快去吧！」

我看她實在醉了，在這環境之中，我有什麼機會同她說明呢？我想最好還是把她拉到外面去，我轉了一個身，把手撫在她的背上說：

「你這樣出來，海蘭太著急了，讓我們到外面去。」

我嘴裡這樣說的時候，手在她的背上帶她；我以為這是不成問題的事，但是她竟把我一推：

「怎麼？」

「白蒂！」

「滾出去，滾出去，我不要你管。」她說著右手掩著面，左手扶著靠手倒在沙發上，頭髮披在手背上。

許多人都嚷著：「滾出去！」有幾個人追逼著我。

我頹喪地出來，背後雖然還跟著人，但是我沒有注意他們。事實上怪我自己疏忽，當我出門的時候，有人在後面重重地推我兩下，正在我踉蹌地前撲，尋求重心的當兒，我面門上受到三拳，最後一拳把我打倒了，後腦碰在水泥地上，我暈了過去。我竟沒有機會還擊一下，連誰在打我也沒有看清，但是我知道這大半是那個小鬍髭在主動。我失去知覺，不知隔了多少辰光。

「X！X！」是海蘭叫醒了我，她看我醒來了，好像從焦急之中獲得了安慰。

「頭痛。」我說。

「啊喲，血！」海蘭嚷了起來。

我用手一摸，腦後正在流血，海蘭扶我起來，用她手帕按在我創口，又用她絲圍巾幫我紮好。

夜已經很深，又是落雨，路上沒有行人，有一輛汽車走過，也沒有注意到我們。海蘭想叫人，我阻止了她；她支持我到汽車裡面。我坐下了，心地似乎清醒許多。在這一瞬間，我感到海蘭發自心底的溫柔與美好，我靠在她的身上，她用手帕揩我頭髮上臉上的雨水。大家默默的，但是遠不是我們出來時候的情形。我們心底有一種極自然的電流在交流，一點沒有剛才的矜持，與不自然的阻礙。頭上出血沒有很快的滲出來，我知道創口不大。海蘭不會駕車，我必須休息一會。車外的雨還在下，黑暗中靠在海蘭的身上，似乎比在什麼地方還安適。現在她的手是我的安慰，眼睛是我的光明，呼吸是我的空氣，嘴角眉梢的波動是我人生的韻律。在沉默之中，我聽到她的心跳，還聽到我自己的心跳，這心跳數著時間的過去。

一刻鐘以後，我振作起來，開開車鑰。本來我打算到E・奢拉美醫師地方去，但現在看我的血已經止住，似乎不很厲害，我不想再在半夜裡去驚動他老人家，好在家裡也有敷創的家常藥，所以我就駛回家去。

到家裡，海蘭從新為我洗好創口，敷好創藥，我說：

「海蘭，我不知應當怎麼樣來感謝你。」

「你早點休息吧。」她說著似乎要走出去了。

「你不願意同我談一會，等白蒂回來麼？」

「不了，你該早點休息。」

「我似乎有許多話要同你說。」我說。

她坐下來了，但是我還是說不出什麼。沉默了好一回，最後我微喟一聲，我說：

「海蘭，這一段生命在我愈來愈像在夢中了。」

「等白蒂好的時候，夢就會實現了。」

「真的麼？海蘭。假如今天我所串演的戲是真的，你也是一樣回答我麼？」

「……」她微喟一聲說：「自然，因為這是你教我的。我們在做醫師的工作，不是遊春。」

「那麼，你，你是真的肯在白蒂病癒的時候，跟我到另外一個夢境了？」

我興奮地伏到她椅上去，我說：「海蘭，相信我，我在愛你。」

「……」她不響，眼睛望著窗外。窗外還在下雨，我說：

「告訴我，你也在愛我。」

「是的，這是事實；但是我只是一個沒有學識的人。你不要看錯了人。」

她還是望著窗外的虛空處，似乎雨落得更加大了。

「但是你有一顆仁慈的犧牲的偉大的聰慧的心。」我說：「假如白蒂由此好了，那完全是你純潔的愛的效力。」

「不，是你的愛。」她說著，笑了一笑，站起來，走開去。

「……」我跟著站起來，剛想說什麼的時候，她搶著說：

「啊，現在你可以睡了。你應當早點休息的。」她走到門口，又說：

「晚安！」我再沒有話可以留她，我說：

「晚安！」但是我立刻想起一件事情，我叫她：

「啊，海蘭，還有一件要緊事情，請你不要將我被毆受傷的事情告訴白蒂。」

「好的。」她說了，開了一半的門又說：「晚安，X！早點休息吧。」接著她帶上了門。

我驟然注意到窗外的雨更大了。

在雨聲中，我追索這一段談話，我覺得海蘭的態度顯得非常不統一。她在本質上是熱情的單純的活潑的女孩。在第一次與她同車的時候，她的活潑的態度，俏皮的對話，同那天出去時的情形，幾乎換了一個人，而在汽車中的沉默又似乎是一個很大的變化。而這次談話是多麼沉著、冷靜，這實在太出我意料以外了。

我思索了許久，分析她的情感，斷定第一次她是好奇天真興奮的表現，可以就是本性的流露，第二種是在混沌之中忽然體驗到久伏的愛情；汽車中是忘了一切外物，在純愛中陶醉，而現在的談話就牽涉到事實的心緒，這心緒關聯著白蒂。

在我們與白蒂一同出去的幾個月之中，無疑的白蒂是我們的中心，我的注意力也都集中在白蒂身上，我雖然不知道我愛著海蘭，但我知道並沒有愛白蒂。可是白蒂時常說：

「你們倆永遠這樣愛我麼？」

「是的，白蒂，我永遠是最愛你的朋友。」我總這樣回答，海蘭呢，她愛說：

「你還需要問我麼？」於是白蒂又說：

「你們肯為我犧牲一點自己麼？」

「自然。」我說：「為你，我犧牲什麼都是光榮的」

「在我，」海蘭說：「光榮以外還有愉快。」

「愉快？」有一次我問了。

「是的。」海蘭看著白蒂說：「為你犧牲我是光榮的。但假如因此而與你有益，在我當然是愉快的。」

對白蒂這樣表示，實際上也並非完全為我的責任上工作的需要，倒是我內心真誠出流露。這因為白蒂的確有一種特殊御人的能力，她一怒一喜一憂愁，影響人非常的深。在她的面前，你似乎只是一部機器，或者是一種樂器，她有藝術家的魔力使你顛倒服從，隨著她的情緒而變化自己的生命。這我想是她祖母的遺傳，她祖母有豐富的生命力。在她的畫像之中就顯露著這種無比的魔力。這魔力在耶穌身上曾經招收了無數的信徒，拿破崙身上曾經支配過龐大的軍隊，在列寧身上曾經支配過革命的戰士，在華盛頓身上曾經奠定一個國家……現在在白蒂的祖母身上恢復了梯司朗的光榮，而白蒂在養尊處優，無事可為之中，竟蘊積著她驚人的生命力，使自己的精神在這外溢的生命壓力下崩潰。那麼，在玫瑰酒店中，叫一群閒人意悅心服的聽她指揮，叫我與海蘭覺得以犧牲為光榮，這也不是過份的事情。

但是在冥冥之中，我與海蘭竟相愛了？這種愛情，在白蒂面前，我們不會覺到的，因為白蒂永遠有一個更強的愛與熱情控制著我們的精神。但是當只有我們兩個人在一起的時候，好像有天賦的本能叫我們心弦奏出一致的曲調，即使我們自己是意識不到愛情，而在我們生命中，總覺得對方的存在正是自己的殘缺。

在這個覺悟之下，那麼疑慮而恐怕對方屬於白蒂的事實，變成必然的事情。我想海蘭剛才的態度正是反應這種疑慮、恐怕與失望，而我對於所計劃的在白蒂外房與海蘭的串演，也正是壓在我下意識中之同樣的疑慮與恐怕的流露。

遠征俄國的拿破崙軍隊有背棄主將而思家鄉的人嗎？我與海蘭就是浮著這種懦弱的心理。但這裡是沒有退步的，我們的幸福與愛，必須基於白蒂的解救。難道我現在就帶海蘭離開這裡，放棄我設誓過的職責麼？假如我是做得到的，海蘭是做得到的麼？只要她可以，那麼讓我們遠離這裡，遠離這個世界，逃避這魔力的壓迫，尋求我們愛情的甜美……——有汽車從院內直駛進來的聲音，提醒我在軍營之中犯自私的貪圖，整個的未熟的夢幻被它的輪子輾碎。天色似乎有些亮了。

雨聲颯颯，我伏在枕上失眠。

十三

這以後第三天，我的創傷已經可以不用包紮，除了那塊頭髮剪去之處以外，沒有什麼痕迹。海蘭告訴我，白蒂於那天回來後，一直沒有理她。這幾天來，白蒂總是一個人出去，天將亮的時候方才回來。所以那天晚上，我們決定追踪去找她去。當然還是由海蘭來通知我。我可也非常驚醒的不敢十分入睡。

但那天她竟沒有出去，第二天也沒有，第三天也沒有；這不是偶然的事。從我在海蘭日記中看來，覺得那完全是因為同海蘭鬥氣，變成捉迷藏的嬉戲。這事情倒使我放心起來，覺得這還是容易挽救的局面。因為這種態度只是表示白蒂心中浪漫的意識，以及其天真好動的成分。我雖然這樣想，但每天期待變化，到底是苦的事情。夜夜提心吊膽地等候著海蘭的音訊，我實在有點不耐煩了。

最後，白蒂終於找到海蘭疏忽的時候駕車出去了。那是我已經入睡的夜裡，一聽到汽車的聲音，趕緊起來，可是等我駕車出去，她的車子已經無影無踪，玫瑰酒店也沒有她的影子，我只得悵然歸來。當我駛車進院的時候，海蘭在樓上窗口招呼我，接著她走下來，非常惆悵與失望的樣子。我也尋不出話去安慰她，默默伴她在院中躑躅，雖然我們不說，我們是不約而同的在等待白蒂。但白蒂竟整夜沒有回來。星散月落的時候，海蘭連打著呵欠，我勸她去睡，她總不答應，她的意思是要白蒂回來時看到她是用多麼蒼白的臉色，與無神的倦眼在等候她所愛的主人。但是到天明的時候，白蒂還沒有回來。海蘭竟打了兩個噴嚏。我立刻想到她受寒了，勉強勸她去睡，已經六點多鐘了。白蒂於中午方才回來，看到海蘭在床上呻吟，才發現海蘭已經病倒。她為海蘭請醫，買藥，非常熱心。

我一覺醒來，從管家地方知道這些以後，很想將海蘭得病的原因告訴白蒂，但是白蒂竟不給我一個說話的機會，對我非常冷淡，而且有意躲避似的。醫生來了，說海蘭的病有相當嚴重，應當特別小心。這使我非常難過，我有許多話要同白蒂說，於是我在夜裡開始寫一封信給白蒂。我一寫幾乎寫了五千字，將我的來歷與經過以及對海蘭的愛情都坦白說了，最後我說到：「海蘭真的愛我，但是她更愛的是你，必需要等你的病好了，生活入了軌道，心境從黑暗轉到光明後，方才離開你。固然醫你的病是我的職責與信用，但是當我的愛人為你這樣犧牲而毫無效果的時候，我的微弱的力量還有什麼用處，我只好拋棄職責與信用，走我想走的道路；但是海蘭竟要犧牲到底。好，現在她是病倒了，那麼請你發點慈悲，從改進你的生活去安慰她，到E・奢拉美醫師的療養院去，接受他的診斷與治療吧。」我這樣結束了我的信。

寫好信已經不早，我隨即就寢，預備第二天將信交傭人帶給白蒂，但是一覺醒來，將這封信重讀一遍，覺得寫的竟是出我自己意外的話，我覺得面孔有點熱，好像這封信是別人在揭發我心底的私藏；這些私藏，如果不是經心理分析專家的揭發，連我自己都無法反省出來的。在事實上，我到底還負醫治白蒂的使命，而最大的危險，就是坦白地說我的經歷是可以遭到白蒂的仇視，仇視到無挽回餘地的境界，而這項經歷的宣布，又是E・奢拉美醫師所絕對不允許的。

這樣，我因而沒有將這封信送去，我另外寫了一封非常簡短的信，我說：

白蒂：

想找你說點話，你都不給我機會。其實我的話非常簡單，只是告訴你，海蘭的病完全為愛你而得。在精神上，為你不理她這許多日子，她已經夠刺激了；前天整夜在露中等你回來，肉體上又受了寒，所以一病倒就會這樣嚴重。我希望你能體諒到這點，接受她一點愛情。

X

這封信我當時叫人送去，但白蒂並沒有回音給我。後來我去看海蘭，她發著很高的熱度睡在那裡，白蒂坐在旁邊，看我進去了就避我。我同海蘭也沒有說什麼就下樓來。下午我送她一點鮮花，以後我就很少上去看她。但是白蒂竟一直沒有出去。我從傭人地方知道她的生活態度有了很大的改變，對海蘭的飲食起居有非常科學的管理。我心裡感到這或者是海蘭的愛感動了白蒂，也許以後海蘭可以使白蒂多接受她一點意見。那麼白蒂雖然沒有回我信，而白蒂的確有點接受了我信的暗示。

海蘭的病到第五天早晨痊癒起來，到第九天起床，我會見她的時候，她的確已經完全好了，不過面色與體力似乎還沒有恢復。白蒂在這些日子中，生活很正常，但是在那早晨海蘭起來以後，她竟又飲了許多酒躺在床上了，沒有同海蘭說一句話。

夜裡，我同海蘭說白蒂今夜多半要出去。

「你怎麼知道？」海蘭興奮著說。

「自然這只是我的猜想。」我說。

「那麼我今夜假裝早睡，衣服不脫的等她。」

「你不要等，」我說：「你身體剛好，還是早點睡，我相信我會守得著她。」

「但是我要跟你一同去追她。」

「你？不。你需要休息。」

「……」海蘭不說什麼，我滿以為她默認了。

但是——

十一點四十分的時候，我在軟椅上瞌睡之時，海蘭敲門叫醒了我，接著是院內汽車的聲音。我於是跳進汽車，海蘭也跟著上來，在這樣情形中，我沒有很多時間去阻止她。我只說：

「你不要去了。」

「不。」她說著已經坐在我的旁邊，關上了車門。前面綠色汽車已經駛出園門，我緊跟着出去。

白蒂似乎知道我們是在追她，她加速地前駛，我也加速追去。她的車子比我的好，按理我是無法追隨她；好在天黑，路暗，她需注意前面的路程，而我們只要追隨她就是。所以我還不十分落後。這樣走了三刻多鐘，我早已忘了我們的去所與路途，一意跟著她前進。這時我們已經到了一個樹林，依著樹林邊的路過去，樹像煙霧般掠過，到了一個湖泊，轉向湖邊前進，湖像一片銀光。接著地勢慢慢的高起來。但是我們的速度並沒有減低。我這時驟然想到這樣下去是危險的事，因為白蒂有時別好勝的心理，如果我再追得急一點，她一定要開得更快。在這長途的觀察中，她的駕車技術，不能算弱，但是她是神經衰弱的人，一疲乏就會統制不住自己，而前面的路是盤向山嶺上去的，轉彎的地方特別多，假如出了岔，我將負什麼樣的責任？這樣想的時候，我按了兩聲喇叭，把車子放慢起來，但是就在這一瞬間，白蒂的車子忽然發出銳利的剎車聲，當我留神看時，她的車子已經從轉彎的地方翻下去。海蘭慘號起來，我嚇得一身是汗，心亂跳，勉強把車子開到那面。天黑，下面又沒有燈火，看下去，似乎下面岩石上是白蒂的車子。靠我車燈的光線，看到山坡上似乎都是樹叢，但被汽車壓得零亂不齊。我把車子停在旁面，叫海蘭等在車裡，看有過路的人，叫他們來一同幫忙。我自己就踐攀著樹叢滾一般的衝下來。泥污與荊棘，早已使我衣服與手足破傷污髒，但是我一點沒有感到這些，沒有感到痛癢，我只感到心跳，全身發熱，汗流遍了我的全身。當我還未走下時，上面海蘭正也攀援著下來。她一面叫我，一面爬著，我開始還嚷著阻止她，後來看她不聽，也只好由她了。

白蒂的車子側睡在那面，我終於找到。但是車裡車外都沒有白蒂的影子，我非常擔心，怕她壓在車下，但仔細看時，倒並沒有，這使我驚異起來，也許是翻出車外了，但是我去附近查視，竟仍尋不見她的蹤跡。於是我慢慢向下面下去，天漆黑，草地濘滑，遠處燈火照不見近旁的事物，四周沒有一個人。我在沒有辦法之中，想回去叫人拿火再來。但就是這一瞬間，似乎左面有一個動的黑影，我也沒有想到這個黑影是在幹什麼，我竟對這黑影叫起來。三四聲以後，有回音來了：

「救命呀。」是女子的聲音，我想這一定是白蒂了，我立刻高興起來，飛奔過去。

「喂！」第二聲又來了，但是這使我感到是一個奇蹟了，當汽車摔得這樣的時候，白蒂還能發這樣健全的聲音麼？

最後我終於奔到，原來是海蘭。海蘭怎麼會走得這樣快呢？她說：

「站不住，一滑，滾下來了。」

不錯，全身泥污，手上有血，衣服破碎許多，鞋子丟了一隻。她坐在那裡，但不等我問第二句話，她說：

「那面，那面，你先去救白蒂。」

我照她所指的地方望去，那面是一堆白色。

「快去，那面，你看，發亮的一點，那是她的鑽戒。」

是的，我看到這發亮的寶石，我沒有說什麼，奔過去了。

白蒂在暈睡中掙扎。

「白蒂！」

「你？……」她張開眼睛說。

「靜睡著！」我用手按她的嘴：「不要說話！」

她閉上了眼睛，我看她臂上有血，創傷很大，但還不深。我於是用她的衣角把創口包好。最後把她抱起，向海蘭地方走去。

海蘭這時也一拐一拐的摸到，我叫她拿白蒂的鞋子穿好。於是尋易走的路上來。我逕把她們駛到附近的醫院裡。

白蒂的頭部與面部都有微傷，右腿骨傷得最重，至少需要一個月的療養方才可以走路。

當施好手術，白蒂靜睡在床上的時候；海蘭默坐在她的旁邊。她沒有說什麼，望著白蒂的蒼白的臉，她不自覺的滴下淚來。白蒂忽然握住了海蘭的手，說：

「海蘭，那麼你還是愛我的。」

「自然。」

「那麼是我對不起你。」

「不，是我對不起你。」海蘭說了。

「但是你愛X？」

「只因為他在愛你。」

「哼！」白蒂冷笑了：「是他愛你，而你在愛他。」

「他是愛你的男子。」海蘭的意思似乎是說，因此她愛我不是錯的，但是她接下去說：「只有在他愛你的場合上我可以愛他。而且只有在他服從我，一同來愛你時，才是我的愛人。」

「你的愛人。」

「是的。」海蘭勇敢地說：「我們永遠是最敬愛你的忠僕。」

「你說，說你愛我超於其他的一切。」

「是的，我愛你超於其他的一切！」

於是白蒂微喟一聲閉上眼睛，似乎得到安慰了。

海蘭出來，把這些報告我後，我叫她打電話給梯司朗太太去。我也同E・奢拉美醫師通一個電話，他叫我當梯司朗太太到後，到巴黎去看他。

梯司朗太太不久就趕到了。自然我心裡非常內疚，但是白蒂沒有述及我追她的事，只說她出了事，由我救起，梯司朗太太對我似乎很感激，但是我心裡可更慚愧了。

下午我回到巴黎後，即到E・奢拉美醫師地方，同他一同接洽醫院醫師與病房，第二天我同聖心醫院的救護車接白蒂到預定的房間。

從此白蒂就在那個聖心醫院裡住下，海蘭陪著她。我自然常常去看她們的。

十四

日子在平安中過去，海蘭忠心的看護與赤心的愛似乎感動了白蒂，大概開始使她覺到生命的脆弱，有依賴醫生與別人的必要。她的生理的創傷也反而使她的心境平靜下來。就在她靜養腿部的期間，海蘭施以E・奢拉美醫師所提供的針藥，白蒂也漸漸一反往日的脾氣，再不加深究理由與目的而接受了。許多滋養品，安神劑，不斷的進，她的睡覺時間也有了規律，而且慢慢增加到常人以上。

在生理上，白蒂比以前胖而美了，在性情上，白蒂易怒、易感、易哭、易笑的脾氣逐漸減少，嘴角的堅決似乎退消起來，眼梢的嫵媚很有增加。但是她的興趣總是不長易變，而且終需要別人的鼓勵。一到厭倦一件事時，又抽起煙，而微喟起來了。

但無論如何，這現象是進步的。我很樂觀以為只要她可以出院了，我們的工作就可以結束，但是E．奢拉美醫師對於這一點容易厭倦的脾氣非常擔憂，以為這是將來復發的病根。在飲食上，我們已經解除了她酒；現在我們又在減少她紙煙。我們代以最好的糖果，並且特別減少糖果過分的甜質，使她在吃後不再想抽煙，這些事情進行得很順利，那大部分自然都是海蘭的功績。

但是正當白蒂可以出院的時候，海蘭突然病倒了。海蘭是病後的身體，一直沒有休息，經過了驚嚇勞頓與失眠，現在是支不持了，自然是受了什麼病菌的襲擊，熱度一天天高起來。這病原是在我意料之中，我不知有多少次告訴白蒂，但是白蒂起初不響，後來她說：

「我知道你看海蘭同我好，你妒嫉！」

這句話使我沒有辦法再說，我只好提醒海蘭，叫她有許多事不妨叫傭人做，但是海蘭靠她素來健康的身體，以及她強烈的愛與溫柔的性情，她支持著自己。理由當然是非常正確，因為白蒂現在只覺得海蘭的工作為可愛；是可愛，不一定是好，而我對這點是無法否認。

現在海蘭的熱度不斷增加，白蒂自然非常焦急，但是她所能出力的不過是一點錢，像海蘭這樣看護她去看護海蘭是不可能，而且也是不會的。

為長期病院的拘束，現在又失去海蘭的陪伴，白蒂當然不能在院中等海蘭的病癒，她囑托了醫生與看護以後，她就要回家了。

這是使我擔心的事情。但我所擔心的，並非海蘭離開白蒂會變得更壞，而是白蒂離了海蘭會變壞的。可是我有什麼能力來挽留白蒂住在聖心醫院裡呢？

我於是同海蘭商量，由海蘭叮嚀她在生活上遵守醫生的規律，這自然不說為她的精神，只說是為她的健康。

這樣在一個陽光和暖如春的下午，我送她回家了。

在車中她說：

「你為我辛苦到這樣是為什麼呢？」

「為愛！」我毫不猶豫地說。

「為愛海蘭嗎？」

「是的。但更重要的是愛你。」

「愛我？」

「是的，正如世界上任何認識你的人都愛你一樣。」

「不錯，世上任何認識人都愛我，因為我的環境身世有值得被人利用的地方。」

「那麼你以為，凡是愛你都為利用你麼？」

「我經驗到都是這樣。」

「那麼海蘭？」

「只有她！」

「我呢？」

「想在我身邊搶海蘭。」

我笑了，但是我說：

「無論如何，我尊敬海蘭的愛你，為你犧牲也就是為海蘭犧牲，你相信麼？愛情不是占有，是奉獻。」

她開始又將眼睛望到車外陽光下的虛空，不再說什麼了。一直到家。家中已經布置了對白蒂歡迎與慶祝。外門站著歡迎她的僕人，內門也站著歡迎她的僕人，都向梯司朗小姐請安。梯司朗太太一聽我們到了，也迎了出來。她的神情是快樂是不安，好像很想同女兒多說點話，但又怕刺激她不安的神經，所以我除了從這位母親的眼中看到這份強烈的母愛外，我看不到應有的親熱。

我們先上樓，到那天梯司朗太太接見我的小廳中。自然我想立刻離開她們，好讓她們母女有一個親切的把晤，但是梯司朗太太阻止了我，她似乎害怕她女兒會變壞。白蒂好像很落寞，對她母親也沒有親熱的表示；時而坐下，時而站起，時而踱到牆壁邊望望畫，好像到一個陌生地方一樣。除了一二句不關重要的話以外，大家不知道作什麼好了。

有女傭告訴我們，晚飯已經準備了，於是我們相偕下來。梯司朗先生就在樓梯下等著我們。他是感情不外露的尊嚴的人物，莊嚴地向他女兒說幾句普通的話，偕著梯司朗太太進飯廳去，我偕著白蒂跟進去。

今天為慶祝白蒂的痊癒，飯廳裡布滿了鮮花，但這鮮花，並不能減去這飯廳的寂寞。今天是我第一次與他們全家正式地吃飯，大概還是這位母親在體諒白蒂孤僻的個性，並沒有約別人來參加這個慶祝。除了他們 家三人以外，只有我。這在我是一件光榮的事。

飯菜的確豐盛極了，但是空氣可非常嚴肅寂寞。這在我幾乎是種壓迫，我想在白蒂也許是一樣。這一對父母對自己的女兒竟會如對賓客一樣，時時在想引起對方興趣的話，但是時時引不起對方的興趣。使我在裡面覺得說不出的難堪，梯司朗太太的目光中充滿了母愛，但是除了一個進門時的一吻外，我看她找不出舉動來抒洩這偉大的愛，使我想到貧窮人家的母親恣意地在言語與態度上表示心中的熱愛，是一件多麼快樂的事。這使我想起我遠遊回鄉時，母親怎麼樣在鐵罐瓦罐之中，找尋一絲糖，一塊糕來療我飢饞；怎麼樣拉扯我到園中採豆，問我要素炒還是放湯；在小桌上又怎麼樣將菜心與嫩筍夾到我飯碗的情景。現在在華麗的餐廳之中，有丈半人的桌子，當中堆滿了鮮花，聽差站在旁邊，大家挺直了穿著晚禮服的身子，閉緊了嘴，咽嫩雞燒成的鮮湯，那難怪梯司朗太太心中的偉大母愛只好湧在兩只眼睛中來注視梯司朗小姐了。我有一個赤誠的人子之心來為她難過。

飯後我們到音樂廳進咖啡。在寂寞之中，梯司朗太太自動去奏一曲箜篌。但是音樂並不能打破這空氣的莊嚴和寂寞。曲後我們都鼓掌了。梯司朗太太於是要求白蒂奏一曲鋼琴。白蒂起初推托久疏了，但後來梯司朗先生說：

「我們的客人似乎還沒有聽你奏過鋼琴呢。」

接著是我的請求，於是是白蒂露一個個笑容上去了。她奏的大概是蕭邦Chopin的曲子，有的地方奏得特別動人，有的地方簡直有點錯亂，結尾時似乎已經厭倦，馬虎結束，最後她掩上琴蓋，微喟一聲，把視線投到地下，在我們淒切寥落的掌聲中下來。

「你實在奏得美極了！」我迎上去，陪她到座上說說。

「你不要這樣好不好？」她說。這意思我知道，她是在討厭這種禮貌與形式。於是我說：

「實在，這不是客套，因為裡面我聽到你的自我。但是為什麼你現在不常練習了呢？」

她笑了，但隨即感到膩煩地說：

「我並不想做鋼琴家。」

我回座後，沒有多久，就告辭出來，希望他們一家今夜有一段美好的敘會，希望白蒂從此會遵順這個家庭的軌道，還希望梯司朗太太心底潛藏著的母愛，今夜能傾瀉在白蒂的心裡。海蘭不在，白蒂會有什麼變化呢？這是我夜裡最關念的問題，我怕她一個人又會恢復喝酒、吸煙、失眠與夜遊，所以我頓時感到我責任大了一半，但是這一切有什麼辦法，我除了管理她外出以外，別方面能盡什麼力呢？

我本來關念海蘭，現在我更加需要她來。我整夜在相思之中，深深地感到，沒有她在一起，我竟沒有治理白蒂之信仰勇氣與情感了。

第二天早晨，我從電話中知道海蘭的病情如常，更加不安，精神也因而萎靡，但是白蒂竟精神飽滿地約我出去散步。下午她也照例午睡，醒後還是叫我陪她出去。晚飯後，她很早就寢了，約我明晨一同伴她去騎馬。

第二天，白蒂一早就下來。我伴她到她父親馬廄時，我說：

「現在你好像願意見我了。」

「我一直願意的。」

「那麼為什麼我們以前沒有這樣健康的生活呢？」

「那是，也許是命運。」

「命運？」

「神祕麼？」她笑了：「不，命運只是機會。」

「那麼以後我們可以常常過這樣健康的生活了？」

「很好，假如你願意。」

「我願意？」我笑了：「能夠伴你過健康的生活，永遠是我生命的光榮。」

「……」她不說什麼，露出一絲譏誚的笑容，最後眼睛望著前面說：「那就是我們的馬廄，父親是很愛馬的。」

白蒂對於馬的知識比我要豐富得多，所以當她叫我選馬的時候，我說：「假如不是過分的話，希望你為我選一匹。」

「那麼你騎我的，讓我騎我母親那匹好了。」

當我們騎出馬廄外場時候，她說：

「這是第一次，把我的馬讓給人騎。」

「……」我想尋一句話來說，但是竟尋不出。我只好笑笑，最後我勉強說一句：「這是一匹好馬。」

在這秋高氣爽的時節中，跨著這匹華貴的高馬，伴白蒂這樣的女子在美麗的郊外縱騎，是我生命中從未經歷過的，這使我陶醉在自然之中，忘去了人世的種種與我身上的職責與工作。

在歸途中，我又驟感到我擔任這件工作實在太年輕了；於是我想到海蘭的話：「工作就是娛樂，娛樂就是工作。」

那麼海蘭呢？海蘭正發著高熱，躺在聖心醫院的床上。然而我在郊外的馬上竟完全將她忘去，這使我感到無底的慚愧與內疚。當白蒂午睡時，我一個人深深地懺悔起來。

白蒂醒來大概三點鐘，我同她一同到聖心醫院看海蘭。海蘭的病情如常，還沒有診斷出是什麼病症。我們坐一回就出來，在外面吃晚飯。飯後到歌劇院觀劇。我看到白蒂始終很快樂，我心裡則有一種說不出的沉悶與憂鬱。

此後日子的行進，總是在白蒂的健康而愉快的生活之中。白蒂的生活現在很正常，心境也顯得平靜愉快，面色早已顯得很健康，人也豐滿起來，眉心間很光明，嘴角消去了堅決，眼梢充滿了嫵媚。對於戲劇，音樂，電影，她都有意見。這些意見總是非常精闢。時常同我爭執，但談到後來總是自然的一致。現在她常常到圖書室來找書。每看完了一本書，總叫我看。我的心緒很亂，時常看不下去，這使她頻頻地催促。等我看完了，她就同我談論。在這種生活之中，我自然是快樂的。我忘了我的職責，忘了我的目的，我似乎在這種生活中享受。但是深夜一個人的時候，無論在靜讀或在床上的時候，我心中總會突然被一種內疚襲擊。風雨的樹聲，月的花影，總使我想起海蘭。她的美與她的溫柔，以及玫瑰酒店前，她看護我的創傷，院中她與我散步到天明……。這立刻會使我痛苦，使我無以自解，使我失眠。但是一到白天，生命充滿了燦爛，我又忘了這些夜裡的自責。這種情緒，無意識的使我不想去，或者不敢去看海蘭。白蒂也似乎沒有想到似的，在談話中也好像好久不再提到海蘭了。而且每次我提起，白蒂就用別的話來打斷。有一次，我又偶然提起，我們今天應當去看看海蘭。她說：

「我早晨打電話去問過，她已經好了許多。」

「你常打電話去？」

「自然。」

「但是我竟好久沒有打了，我想去看她。」

「我打去，同你打去是一樣的。」她笑著，眼睛看在地上說。

「那麼下午去看看她不好麼？」

「不，下午我們不是要去看畫展麼？」

我不說了。下午我總算打了一個電話到聖心醫院去。我不知道為什麼這樣心跳，幸虧接電話的是看護，告訴我海蘭正在睡眠，這倒解除了我的困窘。於是我隨便問問就掛斷了。

那麼白蒂為什麼這樣不願意去看海蘭呢？這使我非常奇怪而不解。我思索了許久，還是尋不出理由，最後我決定自己一個人去望海蘭。

於是第二天午後，在白蒂午睡的時間，我一個人駕車到聖心醫院去。我沒有經過通報一直到她的病房，但是門外有看護阻住我了：

「你看……」

「我看海蘭。」

看護沒有說什麼就進去了，我等一會也就跟著進去。這時候，我突然看到一個穿黃色衣裳的女子好像避我似的溜進小間去了。從後影看起來，非常像白蒂，但是怎麼會是白蒂呢？白蒂的車子也還在汽車間裡。

我進去了，海蘭正醒著，她的確瘦了一些，但並不十分憔悴。精神也還好，她對我笑著說：

「怎麼樣，這許久不來看我？」

「我想，我來看你對於你心境會太擾亂。」這是一句我想好了的話，但是我說時心中有點慚愧，所以聲調似乎也還有點不自然。

暫時沉默了。接著我問：

「白蒂有來過麼？」

「她……她來過。」

「我想她應當常常來的。」

「是的。」她有點不知所措似的說：「她常常來。」

「所以我想，你是不需要我多來看你。」

「怎麼？」她奇怪地問，但接著呼著氣說，「你的態度變了！」

「不。」我說，「不會變，永遠。」我說著把頭低下來：「相信我，有了你的相信，我方才有力量！我永遠，海蘭，我愛你！」

海蘭想說什麼，又不說了。她歇一回，說要睡了，叫我回去。我出來，但是我並不回去，站在走廊上，於是我聽見房內有聲音了。

「他走了麼？」

是白蒂？我想。

「走了。」海蘭的聲音。

「那麼我也該回去了。」果然是白蒂。

我心裡非常興奮，很想闖進去責問白蒂，但是我立刻感到我自己的地位，我決不能給白蒂或海蘭以難堪，於是我在走掉與進去之間彷徨。最後我決定進去。我裝著非常愉快而高興的樣子，推開了門。我說：

「到底讓我捉著了，白蒂。」

「是你。」白蒂似乎很不安了。但是我立刻除去她不安的態度，好像是專來管理她午睡似的說：

「你又賴午睡，跑到這裡來玩。」我當時走過去，坦白而玩笑地說：「身體好一點了，快不要糟蹋。我想你還是在這裡睡一回吧，陪陪海蘭。」

「這於海蘭是不好的，她不能談話太多。」白蒂於是很自然地說：「你坐一回吧，回頭我同你一同回去。」

海蘭朝裡躺著，不知是睡著了，還是無力說話。她沒有說什麼。我想我這樣做是揭穿白蒂奇怪的蒙蔽，同時也顧到了她的面子。白蒂對此似乎也沒有生氣，這使我感到非常勝利與愉快。但是我始終不知道白蒂這樣不叫我來，而自己偷著來看海蘭的用意。當面詢問一個人所不願意別人知道的計畫與用意，這是對一個有領袖天才者所最難堪的事，而且詢問自然也沒有結果，所以我一直悶在心裡。但是奇怪的是從此白蒂忽然改變了態度，三天兩頭地叫我陪她一同到聖心醫院來了。

十五

現在海蘭的病一天一天好起來，我心裡非常快活。海蘭看著白蒂健康的笑容與正常的生活，面上也顯得非常光輝與愉快。我與海蘭似乎都感到我們的自由可以到了；我們衷心默認一個將來。這將來好像是極自然，好像戰爭以後，脫甲還鄉一樣。雖然我們沒有說，這因為我們沒有一個單獨在一起的機會，白蒂始終沒有把這個機會給我們。但是，實在說，我似乎沒有十分需要，因為我同海蘭的眼光好像已經傳達了我們的意境。

日子從這樣快樂而平穩的下來，我已經看不見黑暗，只看見光明。但是我現在必須尋一個機會同海蘭一談，計劃這就會降臨的光明的前途。所以我想把我與白蒂一同去看海蘭的習慣打破，因此有一天我推托我個人別處的事故，先讓她一個人去聖心醫院，約好我們都在晚飯前回來。

那天我回家已經七點鐘，但是問管家，說白蒂還未回來，這在平時是少有之事。於是我等她一直到九時，我方才自己進餐。最近好些日子來，我與她總是同飯，所以今天我感到意外的寂寞。飯後我打電話到聖心醫院，知道她很早就從那邊出來了；但是我沒有直接問海蘭，也叫看護不告訴她，因為這會使海蘭著急的。

自然我心裡也非常著急，一個人不知所措，燒一支煙，到冷落的園中去散步。

院中現在更蕭條了。幾株禿樹悄悄地站著，頭上的廢葉如創傷，今夜怎麼沒有風來把它掃盡。石像失去了樹陰的蔽掩，在淒涼的月光中顯得死尸一樣的僵呆。

我忘去時令已經多時了。一個人孤處在逆境中，對時令會有特別的敏感，但是這久疏的時令把院落驟染成這樣淒慘，我直覺地感到這古堡式別墅的冷酷，有一種說不出惡兆襲擊到我的心頭，使我無法再待下去了。我於是奔到寢室，開亮所有的燈，披上晨衣，吸著紙煙在安樂椅上等窗外白蒂的車聲。

我聽鐘聲響到三點。以後我就衣履未脫的在安樂椅上入睡，我竟一點不知白蒂是什麼時候回來的。

第二天上午九點鐘的時候，我在圖書室寫我的報告。對於昨天白蒂行動的突變，我竟找不出理由來解釋，更不談到以後進行治療的方法。

就在這時候，房門突然開了，進來的是白蒂。她穿著純黑的大衣，一隻手插在衣袋裡，一隻手握著一份報紙，捲得很鬆，但握得很緊。面色顯得非常蒼白，不掛一絲笑容，嘴角充實了堅決，眼梢失去了嫵媚，睫毛一絲不瞬地閃著奇異的目光注意著我。

「早安。」我說。

她沒有回答，走得很慢，一步一步逼近我，這使我有點失措了。我受到一種莫名的恐懼，於是我強制自己，將目光離開她的注視，拿起未完的報告離開案畔，向窗戶方面走去。窗下的几上有紙煙，我拿了一根，把匣子遞給白蒂：

「吸支煙麼？」我說。

她拿了一支煙，沒有說什麼。一直到我為她點火的時候，她把報紙拋在桌上，用冷靜的語氣說：

「原來你是……」半句以後，她吐了一口煙，目光注視桌上，又沉默了。

桌上是那份握皺了的報紙。我也跟著看過去。突然，她把這報紙推給我，說：「你還需要讀麼？」

是晚報，昨天的。

「謝謝你。」我說著接過報紙一面看著，一面向沙發走去。儘管我態度裝著十分鎮靜，但是我的心慌亂得很，竟不能沉下心細心讀。總之這是一篇普通的特寫，說梯司朗小姐病癒的經過，Ｅ・奢拉美醫師與我的名字都在裡面，最後，對Ｅ・奢拉美醫師有許多恭維，我當然也是帶著光榮的。我假裝著靜讀，不敢抬頭去看白蒂，心想籌措一句合宜的話，來打破這可怕的空氣。但是白蒂竟先說了：

「那麼，你只是一個被雇用的人，將你的生命，時間，愛與感情做幾千法郎的奴隸。」

「不，我只是我工作的奴隸。我愛我的工作，我願意將一切獻給我的工作。」

「那麼你不惜用你卑鄙的行動來欺騙兩個懦弱的女子。」

「欺騙兩個懦弱的女子？」

「是的，我與海蘭。」她聲音不高，但是非常堅決地說：「你利用無邪的海蘭，控制我的感情，作你賺錢的手段。」

她目光像刀鋒一般逼著我，使我不得不背過身來，我說：

「我所信仰的是我的工作與愛。我不相信我的工作是屬於欺騙，更不相信我的愛與工作有什麼衝突。」

「你的工作就是受別人雇用來欺騙人家。」

「但是我知道別人的動機是愛。」

「而你的愛是你的工作。」

「不，」我說：「我可以設誓的是我在工作時發生了愛！」

「哼！」她冷笑了：「那麼離開了愛，你還有什麼工作呢？」

「假如我的工作只是愛，而這愛是真的，那麼這有什麼可恥呢？」我反身問她。

「但是，」她說：「為幾千法郎的薪金去愛人的是真愛麼？」

「薪金是我工作與時間的報酬，我的愛是我的愛！」

「但是你的愛才是你的工作，你的工作也只是愛。」她在堅決的嘴角掛上冷笑，一種隱恨的心理在她的眼光中閃耀。

我無法回答，我的辭令表達不出我的思想與感情。我低下頭，嘆一口氣說：

「我希望我可以用點事實來說明我心。」

她不響，兩手無意識地拉著抽屜，我繼續下去說：

「事實上，我與海蘭將來的行動是我心的說明。」

「掠劫一個美麗的女子是愛的說明？」

「但是所根據的是光榮的感覺，並不是勝利。」

「勝利，對的。」她用沉悶的低音說。

「失敗也是我的光榮。」我說。

「這是掠劫。」

「請你，小姐，」我說：「請你稍稍尊重別人的情感，我不希望這類名字出於高貴的小姐之口而加在我們窮人身上。」

「用你心理學上的技術征取一個女子的心，同用武力征取一個女人的肉體有什麼不同呢？」

「請你不要這樣說。」我氣餒下來了，我說：「我雖是一個受人薪金的人，但是我也有愛，我不但愛海蘭，而且對你，我有一種說不出的敬愛。同海蘭一樣，願意在你的指揮下，做於你有益的事。」

「但是你在別人的指揮下，做害我的事。」

「害你的事？」我堅決地問。

「你搶去海蘭，還搖動我生命的韻律？」

「搖動你生命的韻律？」我不懂。

「只為你的自私，幾千法郎的薪金，與美麗的姑娘！」她突然興奮地說：「你以為勝利是屬於你的麼？」

「為什麼？……」但是我話未說出的時候，她突然從抽屜中拿出我現成的手槍，這支手槍是她頭兩天見過的。她說：

「不，在我的面前不能有勝利的人。我要看明天的報紙會一反今朝的論調，我要我永遠是個瘋子。」她接著說：「你還有什麼話說麼？」

「……」我驚愕了。

「你大概知道我曾經同樣地用手槍打死過男子。」

「我知道。」

「你不想反抗麼？」

「不。」我說：「老實告訴你，小姐，你手中的槍是空的，而我的則是實彈。」我從衣袋中拿出我實彈的槍，在我手中拋弄著，最後我把槍交給她說：

「假如這是你的意志，請你換一支吧。」

「那是說你願意死。」

「是的，我想死在你槍下是我光榮的事。」

「光榮的事？」

「是的，正如死在拿破崙的劍下。」

「那麼我要你準備。」她換了一支槍，說：「有什麼話麼？」

「只有一句。」我說：「告訴海蘭？我愛她。」

「對你祖國的親友呢？」

「報紙會告訴他們的一切的！」我說：「那麼請便了，姑娘。」

她不說什麼，嘴角滿是堅決，眼睛閃著光，把槍口對準在我的胸前。

我這時什麼思想感情都沒有了，無論害怕以及愛與恨，冥冥中像有神靈在告訴我，這是一條斬斷一切痛苦麻煩糾紛的出路，是到天堂的捷徑。我心境非常平靜，細認了一下面前那位莊嚴神聖的人像，我閉上眼睛，說：

「假如這不是過份的要求，在我血未冷時，請你代替海蘭吻我的嘴唇。」

「好。」她說：「我現在吻你。」

於是我聽她走到我的面前，我嘴唇感到一種熱，一種溫柔，是一種難言的力量叫我擁抱了這莊嚴神聖的刑手，我整個的心靈就在這吻中陶醉了。

「唉……」她忽然推開我嘆息了。在她的嘆息之中，我張開眼睛，這使我驟然看到我的罪惡，這算是同白蒂還是同海蘭接吻呢？我自責，我內疚，我恨我自己，恨我自己的感情與愛！我對自己的愛失了信仰，這愛中竟不是至善而是罪惡！我痛苦，我要毀毀自己，我於是又閉上眼睛，皺著眉說：

「現在，姑娘，請你快點解決吧。」

她遲緩地走開去，突然，她重擊書桌，深沉地說：

「我要同你決鬥！」

「決鬥？」我張開眼睛說。

她這時已把手槍放在書桌上，點起一根紙煙來吸：

「我不願你死於光榮，而我勝利於懦弱，那麼讓我們決鬥。」

「同一位小姐決鬥是我光榮的事情麼？」

「但是梯司朗氏的小姐就是男子。」

「也許是的，但不在我東方人的眼中。」我說著，反身走到了窗前。靜寂的院落站著無葉的樹，灰雲在天空中來往，石像顯得無限的僵冷；這一瞬間我想到當初我怎樣在月光下對天設誓，我願獻我的心身來治療這莊麗姑娘不平衡的精神，那麼在現在這個情境中，我似乎已陷她於更亂的心緒裡了。這如果不是我與海蘭在她的心裡激撞，就是我與她在海蘭的心裡忐忑。再不然，我驟然體驗到我嘴唇上的吻，我再無勇氣否認，難道不是她與海蘭在我的心底波動麼？這是一切莫名的痛苦，無底的寂寞的來源，兩種不同的愛情竟是同一個本質，使我們離愛情的享受愈來愈遠，反平添了永遠孤獨的悲哀。我要速死。我凝望著天空說：

「執行吧，姑娘！」

於是我聽見背後一聲槍響，我準備倒下去了。我深信在我倒下去的一瞬中，我靈魂會直升天堂。

但是我竟不倒下去，我期待第二響，可是接著是手槍落地的聲音。我驚慌了，我一瞬間預感地意識到慘劇，但是在這一瞬間我竟會沒有想到。我回過頭來，事實證明我預感的正確，白蒂在椅上流血。

我驚慌，害怕；我不知怎麼才好。我把她抱到床上。我打電話給E・奢拉美醫師，叫她立刻派救護車前來。接著外面的人都進來了，梯司朗太太僕傭與管事。我無力答覆梯司朗太太的詢問。忙著指揮僕傭作最後對白蒂的救護。我僅先包紮她的創傷，以免流血過多。在驚慌忙亂之中，倒是那位管家清醒，他發現子彈直達到天花板上。這使我起了僥倖的假定，希望它只是在她的頭皮擦過。白蒂暈在那裡，微微的呼吸一直敲著我的心緒。最後她清醒了，她說：

「我難道還沒有死麼？」

「不要說話。」我立刻禁止她，同時還禁止梯司朗太太對她無謂的擾亂，我忘去許多應有的禮貌。

最後，E·奢拉美醫師終於偕同一個外科醫師帶著救護車來了。一直到這位外科醫師下了判斷，我才放了心。子彈的確只從她的耳後髮根擦過，從現象斷定，腦殼也不會有什麼損傷。可是在我對她包紮的紗布上都是血，這從我的眼睛直滲到我魂靈深處。那麼今而後我要怎麼樣來擔負我心中的情感與我身上的職責呢？

……

十六

當我把枕頭替白蒂靠好，拉好了她的胸襟，理勻了她的頭髮，那時几上是你送來的花束，陽光從窗外射進來。她喝了一杯沸熱的朱古力，在陽光中面色顯得健康完全恢復了。她今天精神也很好，望望身旁的玫瑰，露著笑容說：

「海蘭，一早你已做了許多事，現在請坐在我的旁邊，陪我談談吧。」

於是我坐在她的床邊，她叫我靠在身上，說：

「我希望我是一個男子，能夠永遠享受你的溫柔與美好。」

「假如我有一份溫柔與美好，那都是你的。」我說。

「那麼你叫我一聲親愛的丈夫。」她對我開玩笑說。

「為什麼要這樣稱呼呢？」

「這樣我生命就充實了。」她說著吹我的面頰。

「假如我可以使你生命充實，那麼為什麼你要自盡呢？」我問她。

「在那一瞬間，當我起了必須對一個生命襲擊的情感時候，我是無法控制自己的。」

「但是你要襲擊竟會是你自己？」我說。

「不，是X，但當我想到這個生命是你所愛的，所以我在自己身上發洩了。」

「但是你更是我所愛的生命。」我說：「難道你沒有想到麼？」

「不，海蘭。」白蒂說：「我竟會不是一個男子？」

這樣，還有什麼可以回答呢？大家沉默著，我們的淚流濕了我們貼在一起的面頰！

我意識到我在愛你，這是真的。為什麼這份愛會同我愛白蒂衝突？這個我不知道了！總之我在痛苦之中。

假如白蒂是恨你的，那麼原諒她吧。因為她是愛我的。

……

在聖心醫院裡，初癒的海蘭又做白蒂的伴侶，為白蒂做一切身邊事情了。

我呢，自從將白蒂安頓聖心醫院後，得E．奢拉美醫師的允許，暫時在他的療養院中工作。自然我還負著醫治白蒂的責任，但因為E．奢拉美醫師要借白蒂生理的創傷作心理的療治，所以一時不打算讓她出院，那麼我住在梯司朗的古堡般的別墅裡是沒有必要了。

為避免麻煩與困難，我一直沒有去聖心醫院，雖然不時我有花束與電話去慰問白蒂。同海蘭，在工作與感情上，我們有信札的來往。上面就是剛才收到的信。

沒有讀完，我的視線就被我的淚水所糊了。我沒有讀下去，放在枕下。我出去探望我所發生興趣那位年老的病人，我現在又極力把我感情寄在他的身上了。

夜裡，一個人在房內，我開始回海蘭的信。我預定寫一封冷靜而簡單的信，但結果寫得很長。我扯去了重寫，我試遍了各種不同語氣與立場，但不是虛偽，就是空虛，不是無情的意志，就是零亂的情感。於是我決定明天到聖心醫院去一趟，看實際的情形到底變成怎樣了。

在床上，我滅了燈，無底無底的寂寞包圍著我，世界似乎是一片沙漠，只有冰冷的月塊凍在窗口。

第二天下午，我到了聖心醫院，海蘭不在房內，白蒂正靠在床欄看書，看我進去了，她說：

「我以為你永遠不敢來了。」

「為什麼不敢？」我說：「在你健康與心境已經快恢復的時候。」

「我非常抱歉，我的行動麻煩你太多。」

「我不過是幾千法郎的雇員。」

「……」白蒂不說什麼，用敏銳而奇異的眼光注視著我；半晌，她把手交給我說：「跪下！」

我盲從地跪在她的床前。

「對我說你愛著我！」

「是的，我愛著你。」我盲從地說。

「吻我！」

我又盲從地，把吻放在她的唇上。她用右手抱我的頸，左手撫我的髮，我變成在她懷中。在這一瞬間，我忘了世界的一切，忘了自己。我好像憑空地跳出了塵世，登上了雲霄。再不受一切世上的契約、習慣、傳統、道德、甚至良心的束縛，我是只有一個赤子之心。

一直到看護敲門的時候，我方才醒來，我跳起坐在椅上。在糊塗的意識之中，我竟不知時間急流上的事實是幻是真？我一直痴坐在那裡，沒有說一句話，一直到海蘭進來。她驚奇地興奮著說：

「啊，你什麼時候來的？」

「啊，是的，我剛才來的。」

這時候，良心，道德，習慣與傳統都在我心上浮起，我感到惶恐與慚愧。在海蘭的眼光之中，大概我還是我吧，但是我的確已經變了。這不但是心理的組織，而且是生理的構造，在我的細胞之中，通過了白蒂靈魂的電流，世界對於我感官的反應似乎都換了形式。那麼要一定說不是我心身的變化，該是世界有些顛倒了。

白蒂的風度還是依舊，似乎更加煥發一點，有非常聰敏而有風趣的談吐，操縱著我們的空氣。我精神有點恍惚，分不出是獲了救，還是犯了罪，也分不出是痛苦還是快樂，一個沉重的心墜在胸底，使我沉默在恍惚之中。

一切白蒂的談吐與海蘭的笑容，現在都是我的壓迫。我癱坐在沙發上。我怕，我怕一切的舉動與言語會闖大禍似的。我苦笑，沉默，靜聽命運指揮的動作。

「你今天怎麼？」海蘭最後說了：「有點不舒服麼？」

「是的，我想。」我說：「我感到沉重，在頭上，也在胸上。」

「想喝一杯檸檬茶麼，或者一杯咖啡？」海蘭溫柔地問。

「不，」我說：「我想回去。」

這樣我就告辭出來。

在渺茫出路上，我更感到人生的渺茫。我不會想到一天或一小時的將來，也忘忽了一天或一小時的過去。一直到我回到療養院裡，那裡空氣才使我恢復了常態。我以後決計不去聖心醫院，好在白蒂的健康在恢復之中，一切聽其自然發展吧。

第二天，我同那位年老的病人談了許多話，我從這些荒謬的話中尋求人生的意義，我把我的心與愛決計放到工作方面去。夜裡，我閱讀E・奢拉美醫師介紹給我讀的書，心境開始平靜下來。

但是出我意外的，外面有電話叫我去聽，這立刻又把我拉進煩惱的境地，因為在我預料之中，這電話不是白蒂，一定會是海蘭，但是我怎麼能夠不去接呢？

我拿起電話，我立刻發現對方是海蘭的聲音，海蘭問我明天有沒有空，可否預備一天的工夫，陪她去走走。她將於早晨就來看我，因為有許多話要同我談。

海蘭這樣的要求是從來沒有的，這是非常出我意外。在理論上講來，是我無法拒絕的；在情感上講來，則是我感到快樂的事：在時間上講，我現在還是梯司朗家所雇用，而且這裡並沒固定的工作。有隱隱的害怕與憂慮在我心頭跳動，但我終於非常興奮的答應了她。

電話掛上後，我的心立刻不安起來，海蘭突兀的要求成了我的謎，這個謎不到明天決不能解決，但是我擱不下來，眼睛在書上，心掛著這謎。我終於拋掉了書，靜坐在沙發上思索起來。這與其說是思索，毋寧說是遐想，頭腦失去了重心，尋不出論理的判斷，只是泛濫著零亂的疑問。

我期待海蘭到來，只有她可以解決這些疑問，於是我開始等待，計算著時間等天明，計算著她到的時辰。

翌日十點鐘的時候，海蘭終於來了。她今天打扮得出奇的艷麗，眼皮上搽了淺藍的膏暈，睫毛上潤著光亮，碧色的眼光更顯得清澈煥發無比，這像是春光明媚的湖中，晨曦初照到水上的漪漣，閃耀著無限的光彩。於是這柔潤的黃髮更使我相信是秋谷裡的晨曦，她經過夜的安眠，來喚醒大地的生物。那麼讓最美的花朵來形容她的面頰吧。我想到鶯鳶與百靈應當唱歌了，對著新生的太陽，那深紅色唇膏所點成的嘴唇，告訴我，我要在它的下面生活到老。在艷麗中顯得神聖的是她白色的大衣。

她用異常高興的語調對我說：

「白蒂完全好了。她已經答應到這裡來療養，接受E・奢拉美醫師的治療。等春天到的時候，她要你伴她到南方海邊去。她現在已經自己相信精神不夠健全了。」

這樣的消息我本來應當感到興奮的，但是現在我總覺得那裡面有些突兀與蹊蹺。自然，我還不至於掃海蘭的興，我說：

「真的麼？那好極了。那都是你功勞。那麼她預備什麼時候搬來呢？」

「隨E・奢拉美醫師的意思好了。她希望有一個清靜的房間。」

我為海蘭寬去外衣，她裡面穿著紅藍白三種顏色構成的上衣，連接著銀色的裙幅，全身柔和的線條在這些顏色之中，啟示出音樂的玄妙。我說：

「你打扮得太美了，海蘭。」

「是麼？」她笑了：「希望我永遠有這樣的印象在你的腦中。」

「我早有你這樣的印象了。」我說：「紅象徵你的鮮艷，白象徵你的純潔，藍象徵你無底的溫柔。」

「那麼讓我們今天過一天歡樂的日子吧。」

「好的。」我說：「你先等一等，讓我把白蒂搬來的事情報告E．奢拉美醫師，我想他一定會很高興的。」

於是我去找E．奢拉美醫師，他非常高興的同我規定了日子，那是三天以後的星期一，他叫我於早晨去接白蒂。

談定了以後，我換了一套衣裳，到會客室。我對海蘭說：

「對不住，要你等了許久。」

「怎麼這樣久？」她說：「你去換衣裳了。」

「是的。」我說：「你打扮得這樣漂亮，我不是也應當整齊一點麼？」

於是我就同海蘭出來，那時大概是十一點吧，我們到一家講究的菜館中飯。海蘭今天實在有點異樣，她好像忘去了一切的過去，也沒有體驗到未來，只是一瞬間的現實中揮霍她的美與青春，她喝了不少香檳。飯後，她說：

「讓我們到遠一點地方去吧。」

「什麼樣的地方呢？」

「我希望有湖有山。因為我是鄉下生大的人，我覺得都市總不及鄉下。」

「是的，我也是。」我說：「我是大自然的孩子，不是社會的奴隸。」

「那麼我正同你一樣。」

於是我駕車逕駛出市外，一直到遙遠遙遠的鄉村。海蘭靠在我的身上，似乎不很注意車外的景色，她好像生活在遐想之中。我們間沒有說什麼話，大家沉默著，是一份愛占據著兩個人的心靈。我那時竟完全忘忽了我們是從生活中偷空出來的人。

一直到一個湖邊，我們在附近咖啡館中，喝了一杯咖啡，就買小舟在湖裡飄蕩。灰山在我們面前，藍天在我們頭上。這使我想到人生並非這樣的暫時，我說：

「我們的自由與永生近了。」

「你是說……？」她眉心露出奇異的疑問。

「白蒂病好了，她到E・奢拉美醫師手中，我的工作與責任算是完了。」

「你還須在明春伴她到南方療養。」她說。

「難道你打算伴她麼？」

「難道你不麼？」海蘭笑了。

「不，一定不。」我說：「你也一定不。」

「怎麼？」

「今而後我屬於你，你屬於我，我們都不屬於白蒂。」

「但是白蒂……」她望著遙遠大空說，下面的話好像登上了雲霄，我沒有聽見，只見游絮般的金霧在天空駛過。

「不管怎麼，我們必須離開她，她是我們愛情以上的權力。」

「這是什麼意思？」

「她運用她反常的精神，變幻的魔力，奇異的目光，叫我們服從她每一個命令，每一個吩咐，接受她每一種情感。」

「這因為她有一種偉大的精神。」海蘭露著不自然的笑望著我，接著說：

「為什麼要談這些呢？這樣的環境，這樣的時間，這裡只有兩個人，難道還要由別人的事情來支配我們心境麼？」

「……」我沉默了。大家好久不響。

萬籟俱寂，有教堂的鐘聲從山邊傳來，海蘭說：

「讓我們那面到登岸走走，參觀參觀教堂吧。」

我於是鼓槳前進，在山邊上岸。冬天的山是寂寞的，但最顯山的本色。我在登岸的一瞬間，心靈上浮起了素樸的情感，同海蘭從山道上轉過去，穿過了一個個小小的村落。大概因為是冬天，路上很少的人，只有煙囪上流著淡淡的煙，緊封的窗簾使我想到家，我說：

「讓我們在這樣的鄉村中過一生怎麼樣呢？」

「一切的生活似乎只有聽上帝為我們安排的。」海蘭說著，一個古樸的教堂已經在我們面前了。

海蘭進去，沾聖水在胸前劃一個十字，到聖母像前跪下，虔誠地俯首，像祈禱什麼似的。我也無意識地在她的旁邊跪下了。

出來的時候，我說：
「想不到你是虔誠的基督教徒呢？」
「不。」海蘭低聲地說：「我只是借此為你祝福。」
「謝謝你，但為我祝福，應當先為你自己祝福才對。」我說。
「自然，我相信你會為我祝福的。」
「但是我不是基督教徒。」
「我知道，但是每個人的心底，我相信都有一個同樣的宗教情感。」
這使我奇怪了，我異常驚惶，握著海蘭的手說：
「海蘭，怎麼像你這樣年齡，會有這種深沉的感觸。」
「將來你會知道，我想。」她忽然笑了：「怎麼，你當我一定是應當非常幼稚麼？」
我沉默了，跳下船，我們向原來的地方逛去。這時夕陽已將西下，湖面是一片寂靜。快到岸的時候，海蘭指我們坐過的咖啡店後面的房子問：
「那是什麼房子？」
「是旅館。」我說。
「那麼讓我們索興在那面過宵吧。明晨一早讓我們來看日出。」
一剎那我感到說不出的光榮與安慰，但是立刻我又體驗到海蘭今天的言行實在太異常了。
但是一切我都無法解釋，當時似乎也沒有心境來將它解釋。上岸後，我們逕赴旅館，這旅館是在山坡上的，我們的房間向湖，開窗可以看到湖面已經伴著天空黝黑了。

晚上我們就在旅館中晚餐。那是冬季，旅客很少，我們雖然冷靜，但更覺得美滿。海蘭的精神又煥發起來，高興地同我談她幼年的生活。

但是當我們走進房內坐下，海蘭忽然微喟一聲流淚了。

「怎麼？」我走過去，驚奇地問。

「沒有什麼？」

「你一定說。」我說：「今天你的情感有點異樣，到底是為什麼呢？」

「不為什麼，」她微笑著，用她含淚的眼睛望著我說：「我感到快樂，不過我要知道你，你可快樂？」

「自然，海蘭。」我說著跪在她的座前：「我告訴你，在我生命之中，這是最快樂最理想最光明最美麗的一天。除了你，我不會相信第二個人可以給我。」

「那麼希望你永遠記取我給你的今天。」

「永遠，直到我的末日。」我說：「我要將我一生的事業，理想，整個的生命與愛為今天這樣的生存奮鬥。」

「那麼在我是光榮的。」她吻我的頭髮說。

我靠她的膝上沉默了。於是整個湖山的寂靜一齊擠進我們房內。我們在寂靜之中體驗到一瞬間的生命就包括了天地的永恒。

就在這永恒的天地中，海蘭交給我整個靈魂與肉體的溫柔，我們的生命在充實也在溶化，化成純淨水，化成汽，在無涯的空間中消失，填補了宇宙的殘缺，於是我們忘了一絲的過去與半寸的將來，聽憑諧和的軀殼在人世流落，讓靈魂的交流在靜穆的時間中淹沒。

十七

於是在瞬息之中，有太陽從湖底升起，天已經亮了。

這是世界，這是山，這是湖，這是旅館，這是床，於是海蘭在甜蜜的微笑醒來。她說：

「世間是這樣美麗麼？」我撫著她的頭髮說：

「是的，永久是這樣的美麗。」

「那麼一瞬的諧和就是永久的美麗麼？」

「是的。」我說：「因為這一霎徵了永生的美滿。」

「……」她閉上眼睛吻著我，沉默了。

短促的早晨就這樣開始。在這短促的時間中，海蘭好像蓄意只要談過去的生命，同我交換孩提時的故事與夢，而不願帶及半分的現實。她禁止我提起將來的計劃與身外事物的安頓。這樣一直到九點半鐘的時候，她提議該回去了。我沒有戀留，因為我相信不久就是我們永生的美滿。

自然我先送海蘭回聖心醫院。在歸途中，海蘭始終用手臂圍著我，緊貼在在我的身上，沉默著，不說什麼，好像陶醉在夢裡一樣，一直到快到醫院門時候，她忽然更緊地擁著我說：

「那麼我要下去了。」

我回過頭去看她，覺得她眼角與眉梢都鎖著哀愁。我說：

「怎麼了？愛？」

「不是我要下去了麼？」

「要我伴你進去麼？」

「不了，」她說：「白蒂不是會……」

「那麼，」我搶著說：「星期一白蒂搬來後，我們就照昨天的日子創造我們的世界。」我說著把車停了下來，同她吻別。

「那是將來的事。」她說：「現在我要下去了。」

「再會。」我又吻她的手說。

「別了。」她說：「我祝福你。」

我看她走進了醫院的門，她回過頭來向我揚手，接著她就低下頭匆匆地進去了，似乎比平常要跑快許多。

我心裡帶著萬種的心緒，一個人回到療養院去。下車後我一直到自己的寢室，在安樂椅上坐下，回憶如夢的昨天，頓覺得我必須為這光榮的日子努力。

在理論上看來，我於白蒂搬來後，接受了E・奢拉美醫師的治療，責任就可以完畢。但是事實上似乎並不能如此。昨天會見E・奢拉美醫師，他一點沒有想到這件事，我在匆忙中也沒有向他提及，現在似乎必須同他去談一談。當時我想到後，就立刻去找E・奢拉美醫師。

E・奢拉美醫師似乎等著我似的，一見我進去就說：

「啊，我正想找你。」

「有什麼事麼？」

「梯司朗小姐的病房已經理出，她搬進來以後，我想先作一個特別詳細的身體檢查。這事情我已托高朗醫師，你要慢慢地勸誘她，隨時接受這個檢查。」

「她已經接受你的治療，自然肯接受你檢查的。」我說：「難道這裡面還有特別問題麼？」

「也許。」他說：「她隨時會變，我相信。」

「但是，」我說：「我想我的責任，正如我們當初的約，到梯司朗小姐搬來接受你治療就算完了。」

「你的意思是……」E・奢拉美醫師昂起他的鬍子問我。

「我的意思是我在她聽你治療後，我要走了。」

「走？」

「是的，大夫。」

「但是我們有約，你有志願書。」他似乎有點生氣了。

「是的，但這只到她聽從你治療的時候為止。」

「但是你知道她暫時聽從了，也許立刻會變的，而且隨時都會變的。」

「這個我怎麼負責任？」我說：「那除非完全等她病好了以後。」

「也許，」E・奢拉美說：「但至少總要等她好到不會改變的時候。」

「但是這是沒有時期的。」

「自然。」E・奢拉美醫師尊嚴地說：「我們的約本來也沒有時期的。」

「……」我沒有回答。

「你應當知道，我們選了你，訓練了你，錄用你，這些都不是容易的事情。假如她後來突然變了，我難道再去找人麼？」

「但是，……」我沒有說下去，因為言語在我思想裡模糊了。

「這是很簡單的事，青年人。」E・奢拉美醫師平心地說：「我們做事必須有頭有尾，不但為我，為你自己以後研究學問與做事也是一樣。中途變卦的人決不會有成功。」

「是，是……」我這時神經有點麻亂，我大聲說：「不行，不行。」

「這樣歇斯底里的怎麼回事？」E・奢拉美醫師說：「你心中如果有什麼特別苦衷，都可以向我說。」

「……」我沉默著，他的誠懇的目光深深地感動了我，我說：「這因為是為我終身的幸福。」

「為你終身的幸福？」

「是的，」我說：「因為我愛……」

「你愛了梯司朗小姐？」

「不。」我說：「我愛了她的侍女海蘭。」

「那麼她愛你麼？」Ｅ．奢拉美醫師問。

「是的。」我低著頭說。

「那麼這難道還有問題麼？」

「問題就在梯司朗小姐對我們精神上有一種威脅。」

「啊……」Ｅ．奢拉美醫師大聲地笑了，接著他說：「這絕對不是問題，我願意盡我的力從梯司朗先生太太方面幫你的忙。」

「但是……」我還未說下去，他就搶著說：

「這是極平常而簡單的事，你不要以為有什麼大問題，」他笑著接下去說：「青年人，靜靜地去休息一會吧，我以為有什麼人理由，……這件事可以包在我身上，我會使你們美滿，而且在最近的將來。」

「……」我有許多話想說都不能說了，因為他拍著我肩胛，用手臂挽著我，帶我到門口，說：

「安靜些，孩子，不要庸人自擾了。」

我心中浮沉著這些話出來，內心焦躁不安，不知怎麼樣安頓我自己的肉體，拿不起工作，也不能休息。下午很想到聖心醫院去，但是不知怎麼，我對白蒂起了一種新的害怕，與其說我不願見她，毋寧說我不敢見她；現在不用說她在我的面前，就是想起她，也覺得她是我心靈的重負了。

悠悠的日夜，誰知道我是怎麼樣在掙扎、痛苦、矛盾、激撞之中挨著。

夜深了，灰色的月光從窗戶直射到我的床上，使我回憶到昨夜在鄉村旅店中的光明與甜美。靈魂在整個生命的奉獻中，我昇華了塵世的貪戀。我應當怎麼樣將我今而後的生命事業與理想為這份光明而努力。但是最美的情感是不是至善的行動呢？我想到整個的歷史也許就是這最美的情感與至善的行動的衝突，那麼真理到底屬於最美的情感還是屬於至善的行動呢？

在這些胡思亂想之中，我竟不能也不敢想及實際的問題，到底我應當怎麼樣偕海蘭離開這個世界？假如不離開這個世界，是否我們可以在這個世界中創造另一個世界？——正如E・奢拉美醫師所想的。要不然，我們怎麼樣用我們的精神與愛使白蒂在平靜中健康起來。那就是說，我們應當怎麼樣不讓白蒂的神祕性控制我們的精神，而讓我們的精神與愛來控制白蒂。但是這些問題只能影子般在我腦前飄過，並不能沉在我腦裡讓我思索。於是我聽憑時間在我枕邊消逝。就在這不知是什麼時間的當兒，忽然有人來敲我門了。

「是誰？」

「先生，你的電話。」

「電話？」

「聖心醫院來的，說有要緊事情。」

我匆匆披衣出去，拿起了電話說：

「是海蘭麼？」

「不，我是白蒂。」白蒂的聲音很有點異常。

「啊，白蒂，這樣晚怎麼會打電話來？」

「有要緊事情，你立刻就來。」非常堅決的語氣，但有點古怪。

「立刻麼？」

「立刻。」她說了，又說：「快一點！」

「到底什麼事呢？」我剛要這樣問時，對方的電話已經掛上了。

於是我只好掛上電話，自己來回答這個問題。

假如電話是海蘭，那也許是白蒂變了態度，一個人駕車出門了。現在白蒂自己打來，那麼有什麼要緊事，一定要我立刻去呢？難道她們要我陪她們出門麼？還是白蒂與海蘭有什麼爭吵，要我去說明麼？——我想這或者是對的。海蘭昨夜沒有回去，一定會使白蒂不高興，經過了一天一夜的麻煩後，現在要我去調停或說明。那麼，昨天海蘭同我在一起，白蒂是不是知道的呢？這在我態度上需要完全不同的處理。那麼假如白蒂知道的，我應當怎麼樣？自然我當坦白直說，聲明我愛海蘭，但如果白蒂不知道呢？那麼我應當取什麼樣的態度？

我一面想著，一面換衣裳。到坐在車子的時候，我腦中還是占據著這些問題，一直到了聖心醫院門首。我跳下車，急忙地奔到裡面。我這時已不想解答剛才的問題，因為有一種新的情緒占據了我的頭腦與心靈，我的心跳著，似乎要跳出我喉嚨似的，我用手敲門。只敲一下，就有看護來開門了。

白蒂坐在沙發上，低著頭，手裡拿著手帕，一個看護站著似乎在哭。我再注意來開門的看護，她正在關門，用手帕在揩她眼睛。這使我驚奇了，我叫：

「白蒂！」

「……」白蒂不響，抬頭注視我半晌，眼瞅著，眉鎖著，似乎要說話，但終於沒有說出，最後她的面孔伏到手臂上了。

這事情的嚴重已經是顯然了，我驚惶地走到一個看護面前，我說：

「是海蘭出了事麼？」

「是的。」

於是我奔到白蒂沙發左面的門前，這門裡的一間，就是海蘭的臥室。我沒有敲門，略一躊躇進去了。

裡面只亮著一隻黃罩的檯燈，海蘭穿著昨天與我同遊的衣服睡在床上。我隨手帶上了門，逕奔到床前，叫：

「海蘭。」

「……」她面色發著青，嘴發著黑，垂著深長的睫毛，閉著嘴，沒有說一句話。

「海蘭！」我握著她帶有白絨手套的手，跪下去。

我這時已經失去所有的感情，我不知痛苦與悲哀。半晌我不能起來。最後一種冰冷的感覺從我的手一直傳到我的心，我的周身。我方才從這麻木之中哭醒，我用耳朵貼在她的胸口，瘋一般的叫：

「海蘭，海蘭！」

「……」她垂著深長的睫毛，閉著嘴，沒有說一句話。

於是我放鬆她手，捧她的頭顱，用我流著淚的眼睛細看。我低聲地叫：

「海蘭，海蘭，海蘭……」最後我已經叫得聽不出自己的聲音了，我吻在她的唇上。

這是事實，有什麼力量可以改變這個事實呢？——是我的淚可以使她的眼睛重開麼？是我的血液可以使她的心重跳麼？是我的腦可以使她有感覺麼？

還是我整個的生命可以換回她的生命呢？

一瞬間，我相信了上帝。我默默地跪下，我有一份說不出的情感在祈禱，雖然我不知道我到底祈禱什麼？

半點鐘以後，外面的一位看護開門進來，我方才從祈禱中醒覺。我站起來，沒有再看任何事物，低著頭悄悄地出來。

白蒂還是坐在那面沙發上，看我沒有說話，她從她坐著的沙發邊上抽出一封信來，眼睛望著信交給我。

這正是海蘭的筆迹，我拆開信，信上寫著這樣的話：

……那麼讓我先感謝你的愛。

自從我發現白蒂對你的愛與你對白蒂的愛後，我感覺到我的愛白蒂與愛你都是徒然使大家痛苦的事。……能使白蒂健康，幸福，現在只需要你一個人。而白蒂，不必說更能夠使你幸福……

白蒂的愛你是你所不知道的；這因為她的高貴與神祕，以及淩人的自傲，使她慚愧於爭取一個使女的情人，所以她不能對自己承認她在愛你，自然也使她不能對你表示。……為她為你，我應當離開你們。……帶著最幸福與光榮的昨天，我很快樂，請不要為我悲哀。……

我剛在把信折起來的時候，白蒂又遞給我一封信，她隨手把我的信拿去了。

這封信是海蘭寫給白蒂的，她說：

……在愛神面前，人類總永遠是原諒與寬容吧。那麼恕我自私，我竟先愛上了他。

但是我現在以至誠告訴你，他的愛你是遠超其他的愛；但為你高貴的個性與你優越的地位，使他對你的愛昇華成婢僕愛主的心理。自然，這婢僕的心理還是由我而起，為我的愛他，使他從不想到愛你是可能的事了。……

但是我同時也是你們的證人，在你們心底的最深處，我知道都互相藏著最深的愛情。……

那麼，讓我帶著你們的愛離開吧。當你們幸福的時候，當會想到一個無罪的愛永遠在祝福你們。

不必再想挽救我的生命，這是沒有辦法的。末了，請我盡你的可能，使我在死後，有一個較真較美的印象給他。……

我把信交還白蒂，又懷起白蒂遞還我的信。我倒在門後的安樂椅上痲木了。我不知道我是否還是活人，我忘去痛苦與悲哀，我忘去生與死，更不知世事在怎麼樣演進。

十八

我一直沒有對任何人說一句話，也沒有對海蘭家屬有一句慰問。我默默地在她葬儀中祈禱；我默默在到她墓頭獻花；於是我默默地一個人在房內過我無魂靈的生活。

最後，一直到E‧奢拉美醫師第三趟來看我的時候。他說：

「孩子，難道永遠就這樣悲哀下去了麼？」

「是的。」我禁不住哭出來，說：「這悲哀是無盡期的。」

「但是死的已經完了，為安慰她的靈魂，你當為你的工作、事業、理想而生活。」

「但是，」我說：「我的工作，事業，與理想還有什麼意義呢？」

「為安慰這個偉大的愛與純潔的靈魂。」

「……」我沒有話說了。

「明天，」E・奢拉美醫師說了：「明天是梯司朗小姐進院的日子，我希望還是你去陪她來。我知道她也苦夠了，現在似乎只有你可以安慰她一點，也只有她可以安慰你一點。」

「這是不可能的。」我說：「現在我沒有面目再會她，她也沒有面目再會我了。」

「但是我相信海蘭的話不會錯，你們是互相愛著的。」E・奢拉美醫師笑著說。

「也許。」我說：「但我們更愛的還是海蘭，尤其在她離開我們以後。」

「那麼你不能去接她了。」

「不能。」

「也好，」E・奢拉美醫師說：「那麼我叫別人去接去，希望她來了以後可以使你快樂起來，而你也使她快樂起來。」

「這是不會的。」我低聲地說。

「怎麼？」E・奢拉美醫師望著我，又問：「自從海蘭死的那天早晨後，你一直沒有同梯司朗小姐會面麼？」

「沒有。」

「在海蘭葬儀時？」

「並沒有看見她。」

「那麼你怎麼知道你見了這位小姐會沒有安慰呢？」

「不瞞你說，海蘭的美麗、崇高與神聖已占滿了我整個的心靈。」

「但是日子一多，一定可以改變的。」E・奢拉美醫師說：「現在讓你也做我病人吧，我來醫治你。」

他說著走出去了，剩下是我。我現在開始想到世上還有白蒂，但是這個白蒂已經不是當初的白蒂了，我對她已經沒有害怕，也不感到威脅。所有我心上神祕與尊貴的地位已經讓海蘭占盡。我對她的搬來，已不是當初一樣的可怕，正如病院裡多來一個病人一樣。那麼，我對這件事還有什麼可以思索呢？

但是在沒有思索之中，我直覺的意識到，我的確還需要會見白蒂，我要向她要一張海蘭的照相。這樣，我正如期待海蘭一般的期望白蒂早來，我希望時間早點過去。

第二天早晨，當我正翻閱以前海蘭所寫的報告與信札時，有人來叫我了，說是E・奢拉美醫師在那邊等我。

我想許是白蒂搬進來了，但當我走進E・奢拉美醫師的房間時，只見他一個人坐在寫字檯前吸煙。他沒有回頭看我，指指他桌上的一包東西說：

「這是梯司朗小姐給你的。」

「那麼她人呢？她已經搬來了麼？」我興奮地問。

「沒有。」E．奢拉美醫師悠閒地噴著煙說：「她不預備來了？」

「怎麼？」我問。

「昨夜梯司朗家請我吃飯，我會見了梯司朗小姐。她非常勤快地招待我，由我仔細的診察，她的精神病的確完全痊癒了。」他遲緩地說著，望望我，好像等我回答似的。

「……」我沒有回答，但這時候我忽然想到那天海蘭來時，說白蒂願意進療養院，也許已是白蒂痊癒的表現。但是如果她是愛海蘭的，她的死為什麼不是刺激白蒂的病轉劇，反而加速白蒂的痊癒呢？

「但是，」E．奢拉美醫師接下去說：「她已經準備進修道院了。他們怎麼樣勸阻都沒有用。因為梯司朗小姐再三申明，現在可以治療她未復的健康，安慰她已碎的心靈的只有上帝了。她父母鑑於她已往的個性與這次的決心，只得聽憑她的意志，而他們說這也許就是上帝的意志。」

「是的，也許都是上帝的意志！」我微喟著說，心裡頓感到白蒂的高貴與偉大了。

「啊，這筆款。」E．奢拉美抽開抽屜拿出一張支票給我說：「這是你的報酬。」

「我沒有什麼功績可以受他們的報酬。」

「但是梯司朗小姐的病總算是完全好了。」E・奢拉美醫師說：「你拿著，這是應得的。」

我收了支票，默默地站著。我驟感到無底無底的空虛與渺茫。於是E・奢拉美醫師說：

「你預備離開這裡了？」

「是的。」我說。

「到哪裡去呢？」

「向我的來處吧。」

「今夜同我吃飯好嗎？」

「好的。」

「那麼夜裡七點鐘時候在這裡等我。」

我接受這個約出來，我腳所走的路好像是雲霧，眼睛所見只是一片空虛，心中腦間空無一念。只有手，手上我握著白蒂送我的紙包。

我回到房中，燒著紙煙，痴坐下來，在萬端空虛之中，我驟感到我自己竟是一個罪人。我毀壞了一個生命同一顆心靈，那麼我還活著作什麼呢？但是我反省自己的一切，我覺得我整個的行為只是一個赤誠的愛，而這愛是永久如常的。那麼我這罪從什麼地方來的呢？這是傳統的矛盾，是美的情感與善的行為的衝突。這大概是亞當與夏娃的遺留，是人人都有的原始罪惡吧？我無以自解。

在這無以自解之中，我解開了白蒂贈我的紙包。

啊，是海蘭！竟全部是海蘭的照相。她的笑容，她的儀態，她的舉止與行動。一瞬間竟整個在我眼前復活，我靈魂立刻在我的印象與回憶中溶化了。

但是她的靈魂呢？她的靈魂已化成愛，分贈了我與白蒂。如今白蒂帶著這份愛，將也終身獻與上帝了。那麼我呢？茫茫的前程，何處是我的歸途？

突然，在一張海蘭全身的照相邊，我看到白蒂的字跡：

你贈我愛與美以及青春，如今我把我化在心中，隨著你的靈魂，長侍在上帝的座前。

那麼，海蘭，我應當對你說些什麼呢？愛與美以及青春，是的，愛與美以及青春！你已經歸天，你把你偉大的遺產贈給白蒂同我。白蒂已經伴它獻給上帝，自然我也不會糟蹋你偉大的遺產，我要獻給人群！是的，我要獻給人群！這時候，我立刻想到我要永留在這個病院裡，我一面要跟著E・奢拉美醫師實習，一面我要治療病人，我要用我的收入做我理想的事情。將來如果地位與金錢允許的話，我要專收貧窮的孩子，使他們脫離精神病的苦境。

「對的。」海蘭的笑容好像這樣在說。

於是我立刻感到了興奮，愉快。我周身是力，滿心是生氣，我好像在死境中復活，我跳了起來，連連吻我前面的海蘭。

七點鐘的時候，我對E・奢拉美醫師大聲說：

「我現在求你收留我，正如白蒂求上帝收留一樣。我要把海蘭與白蒂贈我的愛獻給人群，獻給我理想與事業，我要學習，我要在你地方刻苦學習，我會勤力，我會吃苦，我要終身獻給可憐的病人，正如白蒂獻給上帝一樣。因為我們是平分了海蘭的遺產——偉大的愛。」

E·奢拉美醫師，很高興出接受了我。在他與我同餐碰杯的時候，我心中充滿了光明，頭腦充滿了力量。

十九

這樣我就在E·奢拉美醫師的療養院中待了下來，工作也逐漸勝任愉快。在我告訴你這整個歷史時候，那位年老的病人早已治好。我現在一方面做E·奢拉美醫師的助手，負責治療五個精神病患者的兒童。一方面，我在醫科夜大學裡讀書。海蘭的照相長伴看我，我生活在豐富新鮮進步之中。

白蒂呢，我雖然沒有會見她，但我知道她是非常健康、平靜、愉快、虔誠地在修道院裡過活。那麼同情她的讀者請為她祝福吧，為海蘭的愛，我感謝你。

《精神病患者的悲歌》後記

我也想不起是哪一天開始寫這篇東西，但我記得著手時寫得很快，不知道寫到什麼地方，因為數種設想不知所從，因而有了阻礙。後因雜務纏身，一擱很久，一直到脫手之稿已在雜誌上發表時，才將前稿續完。脫稿時為一九四〇年十一月十二日晨半時。發表後，每次剪輯之時，對於字句上總有點改動。此次付排成書，我又增刪了許多地方，此中所嘗之滋味，會比創作時還苦，這真是出乎意料之外。原因是因為我愛站在批評的立場來考慮，考慮後，又回到寫作者的立場來；增刪以後，又會有新的考慮。於是又引起第二次的增刪，……一直到最後清樣送來，我還重寫了「十八」中段以及「十六」結尾與「十七」起處。全文中許多小節，經過三番四覆的重寫，其中所耗之時間與精神，我想讀者是不容易了解的。如果明眼人讀來，覺得這裡所改動之處的確比前稿為好，那麼我的心力終算沒有白費了。

在此文發表的過程中，許多讀者寫了很長的信給我，我真是非常感激。現在，我想除了沒有給我地址的朋友以外，我總都寫過回信了，雖然這些回信也許仍會使人失望。至於不告訴我地址的人，我想或許是他寫信時遺忘的；如果是有意的話，那麼實在有點殘忍。這好像你同人家講理，只許你講大篇理由，不許人家開口一樣。所以我希望以後都有通訊處給我。還有些來信，因為我晚回一步或忘回了，以為我有什麼習氣，在擺什麼架子，這是不對的。大概終是碰巧我太忙，或者信札轉到我手頭較慢，或者我懶了一回，擱了幾天，原信找不著之故。現在我願在這裡聲明，從今天起，我一定盡可能的努力來寫回信，如果你等我回信而收不到信時，那一定是你忘了寫通訊處給我，或者中途遺失，否則除非是我病倒。碰到這種情形，那麼最好請你再寫一封給我了。

一九四一，五，二

一家

一

他們一共十二個人，是 個家庭。沒有法子分開，可也沒有法子合得來。還是杭州緊急的時候，開頭林二少奶奶主張逃難；林老太太可不主張逃難。林老太太已經五十六歲，她相信林家十八代祖宗從沒有做過缺德事；她信佛念經已經三十年，修橋鋪路的事情也做得不少，什麼災難都應當免掉，所以她不怕。她不知道什麼國事，也不管家事，她只管自己的生活：經堂裡喝茶焚香外就是打牌。

二少奶奶雖不知道國事，但管家事，因為管家事，所以同別人有了接觸，知道炸彈是無眼睛的「科學常識」。也聽到那些姦淫擄掠可怕的事實。所以她主張逃難。

這兩種意見有了不少次的衝突，大半是在吃飯的桌上。

總是二少奶奶先開口，有一天晚上，當她坐下飯桌時說：

「我們要走也該預備了，李家打算下星期就動身呢。」她說完了眼睛看看邊上的林老太太，林老太太正在注視二少奶奶，但當碰見二少奶奶的眼鋒時，她就轉向看林先生說：

「你們要走都走好了。我一個人在這裡，看什麼兵會把我打死，『為人不做愧心事，半夜打門不吃驚。』我們祖宗沒有作什麼孽，有什麼可怕？」

「可是李家張家祖宗也沒有作什麼孽，他們十天前已經搬了。炸彈，槍彈又沒有長眼睛，誰知道會怎麼樣？而且我們年紀輕的女人……不是更可怕麼？搶起來也了不得，什麼古董字畫……」少奶奶說起頭看看她斜對面的林先生，說到古董字畫則望望上面林老先生。沒有說下去，筷子正夾著河鯽魚，眼睛好像在檢查骨刺。

林老先生不但知道些國事，而且外面有朋友，常常去下棋喝茶；知道許多別處積德多年的朋友遭了劫，那該是大劫大數，而且古董字畫……那是他頂要緊的東西，晚了就更不容易搬走。前些時他也想到要搬不容易，同情他太太的主張，這幾天則慢慢傾向到兒媳婦那邊了。但是他裝著沒有看見二少奶奶有光的視線，他摸摸鬍子向林太太說：

「咳，今年真是大劫大數，像梅家這樣三四代修好積德的書香人家，在松江也被搶劫一空，幸虧他家沒有老年人；總算跑得快……不過他家這許多字畫古董都糟蹋了。韻白，」他看林老太太不十分注意他的話，所以他對兒子說起來：「韻白，聽說他們連那幅『太上感應圖』都來不及帶出來。」

林先生知道他父親近來的態度，但是他估計逃難的不容易，十二個人，這該多麼麻煩。而且錢，最要緊是錢，銀行裁了員，他現在沒有收入，只有幾千元現錢。於是他說：

「噢，真是可惜！……」但是他隨接向他的下座說：「老三，你不是認識梅家的少爺麼？他們還在杭州麼？」

老三是林先生的弟弟，就坐在他的隔壁，他曾在上海多年，因為不安份，才來杭州，靠他哥哥，也在同一銀行裡，現在自然也沒有事情。

「梅家，是的，他們已經去寧波，預備轉上海。我們要逃難也只有走這條路。」老三不是贊成逃難，是贊成去上海，他是龍，上海則是海。

座中還有一位林先生的孤孀嫂嫂，她不發聲，她沒有主意，她隨大家，她現在沒有丈夫，沒有權。說年輕貌美有危險，二少奶奶在她前頭，說她擔憂她兩個兒子，那麼林先生有三個孩子。所以她不主張，她只主張無論如何，大家一致行動。

「我們逃難可沒有梅家容易，我們人多，還有是上海房錢貴，而且老四讀書問題。」林先生是不十分主張逃難的。

老四也是他弟弟，正在高中讀書。是林老先生同林老太太頂寵愛的人；假如說林老太太還管些家事的話，實在只是管老四的事情。

老四對於國事很關心，他主張「抗到底」；但對於家事則有點外行，「逃難」還是「不逃」，他沒有想過。

「讀書，老四到上海不是一樣讀書。」二少奶奶知道現在二個主張均衡的局勢，他丈夫是一個「不逃」派的重心，所以她要駁她丈夫。

「上海是的，可是現在不是招考的時候。」林先生淡淡的說一句，隨即向老四說：「你們同學沒有說起他們要逃難吧？」

「有是有的，不過新進來的也不少，他們都是滬杭線那邊來的。」老四一面嚼紅燒肉一面說。

老四的話是中立，沒有做兩方面證據的可能，可是林先生從他吃的肉上面做出文章來：「聽說上海現在不得了，人多地方小，食住都貴，據說豬肉一塊錢只有兩斤。」

「這自然囉，因為大家都往上海逃，足見大家看到上海才是太平的地方。我們現在不逃，將來恐怕連想逃都逃不進去了。」二少奶奶說完了很得意，拿羹匙舀一匙鹹菜湯潤潤喉嚨。

「你們要逃的都去，都去，我一個人在這裡。上海這種地方，兩三間房子要租幾十元錢，什麼東西都擺不下，我的經堂怎麼辦，還有老爺的書房？」林老太太說完了看看林老先生。她不見得怎麼念經，但一定要一個經堂，同林老先生不見得念書而要一個書房一樣的。

「逃難末還要什麼經堂，書房；只要佛像傢伙古董字畫不遺失，將來太平了佈置經堂與書房有什麼難。」林老先生注意的是將來。林老太太自然不高興了：「你把你古董字畫都搬去吧，我的經堂可不搬，我留在這裡。經堂又不是做戲的行頭箱。」

「娘，」老三一看娘的面孔不好，說：「你不去上海有十多年了，也該到上海去玩玩。現在上海愈來愈熱鬧了，跑狗場，回力球。……」

「聽說梅蘭芳就要在上海出演，救濟難民。」林老先生的視線從老三看到林老太太：「如果到上海去，這個機會倒不可以錯過。」

於是林老太太也談起梅蘭芳，談到他出身，年齡……一直到飯吃好，臉洗好。林老太太到經堂去焚香喝茶，林老先生到書房去看太上感應篇，這二位老年人要早睡，夜裡的牌局常是讓給年輕人，於是中堂上響起一陣麻將。大家忘去了逃難還是不逃。

二

可是情形更加緊張了。逃難的人家愈來愈多起來，老四的學校也無形中休假了。

林老先生的態度已經是明顯地主張逃難了，二少奶奶更加堅強地發揮她的正面的論調，林老太太則已模糊地好像兩可。

於是決定逃難。但是林先生意思與大家有點不同。

「我想，」有一次他對大家講：「你們都搬到於潛去，我先去上海，如果我看看情形還好，我再叫你們去。」

「……」二少奶奶沒有發聲，她想她自然屬於丈夫而是同丈夫一同去上海的；搬於潛去的「你們」之中，一定不會有她。

「情形好，什麼樣是情形好呢？」林老先生先問。

「比方有什麼生意可以做，或者我能夠找一點事。」林先生說：「因為十二個人一道去，找房子就不容易，到那邊生活也成問題。」

「那麼你一個人去上海，我們十一個人去於潛，又怎麼辦？我們年紀大了，老三老四都還年輕，不懂什麼事。你的嫂嫂同你的女人都是女的，還帶了五個孩子。」林老太太也想探探到底二少奶奶是不是也去上海。

「我想我先陪你們到於潛，租好房子一切安排好以後，我再去上海。」

「不過你一個人我也不放心，萬一將來音信不通，或者有什麼病痛。」林老先生說。

「我先同你一道去，不但可以照顧照顧你，上海我親友多，尋房子什麼有我都方便。」這是二少奶奶的話，二少奶奶看看她也在十一個人裡面，心裡有點焦急了。

「嫂嫂去倒好，可惜有三個孩子帶著不方便，不帶也不好。」這是老三的意思。

「或者你同老三一道去。……」林老先生嘴裡叫老三去，意思是自己想去。

「老三先去，那麼家裡更沒有人了。」林老太太果然不贊成。

「或者爸爸先同哥哥去。」老三奉迎爸爸。

「……」

像這樣沒有結果的話一談又談到夜裡。

夜裡，二少奶奶在自己房中，看林先生進來了，她就去關上了房門。

「你現在好，愈來愈狠心了。」

愈來愈狠心，二少奶奶的話是有根據的。

林先生在上海什麼大學讀書的時候，就愛上這位二少奶奶，——那時候還是陶小姐。大概為他們的一次杭州旅行，林先生為要他家裡見見陶小姐，所以帶她到家裡去一趟。這深堂大廈的舊式大家庭風度，駭壞了當時的陶小姐；因此雖然她愛林先生，下嫁時則以組織小家庭為條件的。林先生畢業以後就結婚，結婚以後在上海組織小家庭，小家庭生活其實也只是一個理想，林先生在中學教書，收入不多。用一個傭人，新進來時，一點不懂，等教會了，事情就做得拆爛汙，一做好，就出門去，還要偷東西或者生閒氣；辭了去尋新的，又是一番心機，教她這樣，教她那樣，教會了又是一樣。後來二少奶奶肚子大起來，生了一個女孩，事情更加麻煩；一碰到林先生病了，二少奶奶又要管小孩，又要管傭人，弄得精疲力盡。

這樣一個新女性，靠著愛情組織的小家庭終於失敗了。林先生就在這失敗之餘，由家裡的關係在杭州弄了個銀行的位了。於是二少奶奶就不再堅持小家庭的生活，與大家住在一起。起初不習慣，後來她丈夫地位升了，薪水也加了；繼之那位握全家經濟一切大權的大哥死了，他丈夫在家庭裡地位突然重要起來。四年來，她又添了二個孩子，可是比一個孩子時還空閒，大家庭對她還有什麼不好呢？

但她對小家庭美麗的憧憬沒有消失。她已經知道上次失敗的原因完全是經濟關係，假如有錢，房子大，佈置好，傭人多，這小家庭是多麼舒服。現在他丈夫握大家庭經濟權，如果帶她去嘗試小家庭的建設，那不是一定可以做小家庭的模範嗎？她以前的親友同學，還有人寫信來談到家庭問題。她回信無事可談，不免用些新小說上的套語，寫些「舊式呀！」「大家庭呀！」「苦悶呀！」的驚嘆符號。於是別人就來信安慰她，勸她還是叫丈夫在上海找事，那麼，就可以過新式的生活了。所以她很想再去試一試。

一個英雄失敗了，死了的雄心總時時在復活，二少奶奶這個雄心死灰的復燃，自然不止一次了；林先生剛剛失業的時候，她以為機會又到，叫他丈夫寫信到別處親友設法，可是那是全國動員的時代，怎麼還有這樣巧的機會？現在雖是逃難，但逃難也是機會。假如她們夫妻一對與三個孩子去上海，留其餘七個人去於潛，那麼他們大家庭的大部分在於潛鄉下，只要用很少的錢就可以過去，或者每月給他們一點，或者整個給他們一筆，反正林老先生與林老太太手頭還有現錢，他們就可以用大部分大家庭的經濟力量來組織華麗美滿的小家庭了。在這裡，雖然她也比別人占三分優勢，但是做一件新衣裳，大家嘴眼都不高興，買一點新花樣東西，大家也模仿著要買。一去上海，第一他們不知道上海生活程度，第二上海的場面就可以充為做好衣裳，買好用品的理由。平常同林先生鬧，要另組小家庭，林先生總是以沒有機會來說，現在有了機會，誰知林先生會這樣！

「……」但是林先生沒有言語。

「真沒有良心！」

「這又是為什麼？」林先生坐在床沿上。

「為什麼？你想想看，你同我結婚時就說好組織小家庭的，我刻刻苦苦努力了一年，犧牲了我在社會上的事業；等你有了點出息，你反而逼我做大家庭的奴隸；你哥哥一死，那麼大的家都要我一個人管；你一直安慰我，說有機會我們另外組織小家庭去，但是現在，機會來了，你到要一個人去上海。」

「你這是什麼話，這裡的家，是你自己搶著要管，本來由大嫂管不是很好？」林先生話似乎重了點。二少奶奶聽了，又輕又狠的走近他身邊，咽著淚說：

「你叫得這樣重，是不是要別人聽見，叫別人來恨我？」

「那麼你這種話算是什麼意思？」

「你算是什麼意思？」二少奶奶倒在床上哭了。

「我怎麼好說帶你去，你去了，大家都要去，大家一去，我們現在現錢就不多，至於這裡那近湖的那些房子的房租，沒有人在這裡，怎麼收得到錢？到上海以後怎麼辦？就算我帶你去，你去了，小孩子自然也帶去。那麼我們花什麼錢，他們花什麼錢，還不是將所有公共現錢來分，我們就算分多一點，上海開銷大，一花不就花完了；而且這邊的房租，離他們近，將來自然由他們來收。我在上海沒有職業，錢花完了就沒有地方可拿。難道用你的私蓄？」

「……」她雖然還哭，但是已經知道丈夫的意思對了。

「現在又不是到上海去享福，是逃難；這時候生活都不是容易，還講什麼組織小家庭。」林先生把她勸起來，叫她把事情細細想一想。

可是二少奶奶雖然明白了丈夫的用意，但是她不願意去於潛；本來她的欲望只想自己與孩子跟丈夫去上海，現在則覺得現錢分給別人以及房租被別人收去有點放不下。但叫別人都跟丈夫去，自己一個人在這裡或到於潛去，以備將來自己來收房租則又有點不敢。她沒有了主意。

商量了一夜，林先生才決定叫大家都到上海去，留老三在這邊，到鄉下避避，來收這裡的房租，以備繼續匯到上海去花。

早晨就把這個意見徵求大家的同意。可是老三不贊成，別人也不十分贊成。因為大家知道老三拿到錢是決不會安份的。

於是林先生把現錢的數目報告出來，以這個數目，在現在物價迭漲的上海中生活，先付房錢也就要完的，所以必須有個經常的房租收入才可以維持。

大家聽了都沒有主意。不知怎麼才好。

不知怎麼才好！於是林老先生出門到同道社社友地方去了；林老太太到經堂去焚香了，大家都好像很忙似的散了，等緊張空氣過後，於是中堂間響起麻將來，好像難已經不用逃了。

這樣失了主意大概有二天，可是消息更加緊張了。於是在夜飯桌上大家又發出議論來。

「我們管不了這許多，可以走現在就走，到了上海再說，二哥可以找事情，我也可以找事情。」老三的意見最年輕有勇氣。

「找事情，這個時候找什麼事情？」林先生的聲音。

「那麼只好留一個人在這邊，來收這裡的房租。」林老先生現在是覺得還是老三留在這邊是辦法了。

「留在這邊，誰肯留在這邊？」林老太太想到這是不可能的。

「……」

大家又沉寂了！林老太太拿羹匙舀榨菜湯，林老先生嚼著青菜，老三在夾蘿蔔燒肉，大嫂夾小黃魚給孩子吃，眼睛管著魚裡的刺，老四努力划飯到嘴裡去，林先生筷子在鹹件兒上，……

「我想。」忽然有一個尖銳的聲音叫出來，大家都抬起頭來，林老太太羹匙浸在榨菜湯裡，林老先生筷子停在飯碗裡，老三的筷子合在嘴裡，大嫂的手還握著魚刺，老四滿嘴是飯，林先生的筷子正按著鹹件兒在匙碟上，這自然是二少奶奶的聲音了：「我們還是把房子押去，把錢帶到上海去。將來我們回來時就可以取的。那麼我們上海也可以寬裕點。」二少奶奶的父親以前是在上海幹投機的，一遇難關押房子，一有錢就買股票，所以懂得這一套。

林家子孫在封建大家庭裡平穩生活地過活，想不到這個竅門，大家都感到這個主意聰敏，可是總覺得好像有點越軌。

「……」半晌半晌沒有聲音。

「押房子？」林老太太沒有說下去：「……」

「押房子，這時候押房子給誰呢？」還是林先生先打破這寂寞。

「自然最好押給外國銀行。而且萬一有什麼事，他們豎起外國旗，比我們自己派人看還靠得住。」

二少奶奶的話更引起大家驚佩了，沒有一個人有這個大膽的提議，但也沒有一個人敢表示贊成。林老先生望著太太，林老太太望望林先生，望望老三，林先生望著林老先生。

「……」

大家沉默，努力加餐，於是一直到飯飽，於是吸煙，喝茶。

於是林太太進經堂去，林老先生到書房去讀太上感應篇，中堂上響起了牌聲。

第二天，消息更加緊張了。

林老先生叫林先生到書房去。

「韻白，我已經問了壇仙，這也是大劫大數，不是對不起祖宗，我也同你娘商量過，還是決定把湖邊的房子押給外國銀行吧。」

「好，」林先生說：「那麼我去問去，不過爸同娘去說好，不要事情弄好了又變更意思。」

可是第二天一早，林先生一開房門碰見娘。娘好像專心等著他似的：

「韻白，」非常著急地說：「事情弄好了麼？押多少錢？今天消息更緊張，我們早點走吧。」

「娘，」林先生奇怪地說：「昨天爸爸才叫我這樣做。怎麼有這樣快？」

「韻白，」娘又說了：「這是大劫大數，你爸爸問過壇仙；少一點也沒有辦法，反正將來總是要來贖，早點弄弄好好走。」

「娘，我回頭就去進行，你們十多個人東西，立刻理起來好了，我哪天弄好哪天就可以走，省得臨時匆忙。」

於是林先生匆匆洗好臉吃點東西就出去了，這邊蜂一般的鬨了起來。

林老先生拉老四老三收拾字畫古玩，林老太太指揮傭人們先收拾經堂。

大少奶奶忙著理孩子東西，二少奶奶自己的細軟雖早已弄好，但是林先生同孩子們的東西都沒有理。

繩子沒有；東邊箱子不夠，西邊網籃缺少，傭人們一次次差出去買，東一聲，西一聲，叫人，問東西，嘀嘟，咒罵，世代書香的林府活像是動物園。

這樣一直鬧到天黑，經堂裡已沒有佛像，書房裡已沒有古玩字畫，於是林太太日夜香也不焚了，林老先生心也不修了。但是中堂裡還有牌，於是大家又扠了起來。

二天以後大家總算什麼都理好了。至於房子與公共東西，則交給一個看房子的老傭人看管。林先生也把近湖的那些房子押好，一共是一萬六千元錢；打好了一張匯票。

行李一共三十四件，十件自己帶，廿四件交給轉運公司，到上海去領取。

人有十二個，五個小孩，七個大人。每個大人管一個小孩，還有兩個大人管那十件行李，這樣分配原是再好沒有，但是各人都要管自己行李，不肯管別人小孩。一路有風有景，有成千成萬難民，他們不捨得不看，好像自己是專來看人家逃難的，笑笑說說，吃吃鬧鬧，老咒少啼的進行著。

三

本來小孩都交給傭人的，小孩一哭，就叫傭人抱出去，所以大家不大受到小孩的騷擾；現在一路上沒有傭人，於是兩位少奶奶出門時所換上的新衣裳都髒了，人也憔悴了。好容易到了寧波，忽然大少奶奶的第二個小孩叫作小彭的生病了，熱發得很高。請教一次醫生，醫生說是疹子。

現在又是問題了：到底大家暫留在寧波，還是帶著這生病的小孩子去上海，還是留大少奶奶與小彭在寧波？

林老先生與老三主張大家留在寧波。反正到上海也是去住去。

林老太太同大少奶奶則主張大家去上海，因為疹子不是什麼大毛病，每個孩子都有一遭。

二少奶奶則主張大嫂她們留在寧波，自然要有一個男人陪她們。等小彭病好再走。

三個意見似乎都有理由，又是一番爭執。林先生看看這爭執難有結束，提出一個不同意見，他說：

「據我的意思，到上海也得先住旅館，還不如大家住在這裡，我先去上海尋好了房子，安頓好了東西，等小彭病好了，你們再出來，這不是挺好的辦法嗎？」

「這倒是不錯。」二少奶奶放棄剛才的主張說：「我同你先去上海，我可以幫你去尋房子。」

「那麼素一素二素三她們呢？」素一素二素三自然是二少奶奶的三個孩子，林老太太提出的是在杭州時提過的問題。

「啊，她們，她們我自然帶去，」二少奶奶說著想起了更大的理由：「就為著她們，她們三個沒有生過疹子，在一起就會被染過的。」

「五個人去了，那麼這裡誰能照顧？」林老太太說：「我想我們都去，只留一個人在這裡，以後去也便當一點。」

二少奶奶看老太太的意思轉到她剛才的主張一樣了，連聲說：

「對。」

可是誰可以留在這裡呢？留林老先生不中用，留林老太太沒有這回事，林先生要去上海料理，老四太年輕，說來說去，還是老三，可是老三不願意，他說：

「這樣我一個人責任負得太太！」大少奶奶也不願這樣留在寧波，她說：

「何必這樣麻煩，還是一同去吧？小孩在船上沒有什麼關係，不過我辛苦一點就是了。」

大家看事情沒有辦法，最後決定了一同去。去上海要先轉溫州的，於是大小十二個人乘著最近到溫州去的船，都動身了。

到上海是五天後的早晨，自然要先住旅館，於是在大東開了二間房間，近來客人特別多，大東也只空這二間了。

小彭的病倒快好了，可是一路來大少奶奶瘦了不少。

二間房間怎麼住呢？

應說較好的辦法是女的與孩子們八個人住一間，男的四個人住一間，可是為怕二少奶奶的孩子們染過病，所以不能同大少奶奶住一起。

於是又是一大堆不同的意見，爭執了一個鐘頭，方才決定林老先生與林老太太同大少奶奶住一間，其餘的人住一間，可是大家都不滿意，林先生只好安慰他們說：

「這是逃難，只好大家湊合著住，反正是暫時的，一等我們尋著了房子，就可以好一點了。」

於是林先生二少奶奶還有老三三個人分頭去尋房子。老四林老先生則陪著林老太太同小彭的哥哥大彭以及素一素二素三去逛公司。

公司裡正在減價，花花布紅紅綢都非常便宜，新到的外國貨喇叭皺只二角一尺，啡嗶綢只要二角半一尺，美華布一元錢有一丈，林老太太連連說便宜，杭州愛國布不也要一角多一尺？於是她想起她在雲南的侄孫們，想起在四川的外甥們，想起各處各地的親眷們，她都想送。她好久沒有出門買東西送人了，現在這樣便宜，她是不是應當買些藏著，將來可以送人。於是她買，一包一包的買。她買給自己，買給女兒，買給侄孫，買給外甥，買給老四，一直買到他五個孫子與孫女。林老先生看老太太買得鬧熱，他也買一二件添添自己的行頭；公司裡進進出出的人都穿新花樣，他們自己覺得實在太不講究了，這也是無形中使他們更加起勁的要買些了。

大人滿足了，可是小孩子還是空虛，於是他們見了糖果要糖果，見了玩具要玩具，他們捨不得走。哪一個祖母不願意稍稍滿足孫子孫女的欲望呢？於是終於大家滿載而歸了。

夜裡，林先生帶著疲倦回來，坐於沙發上嘆一口氣。

「韻白，這裡東西真便宜，又好又便宜，你看，這是我買給大囝的，這是我買給小囝的，」林老太太打開紙包一樣一樣給林先生看：「啊！還有這，這是我自己做夾衣的，你瞧好不好？」

林先生看他母親的高興樣子，不願意掃她興，但是他是管家管錢的，知道手頭二萬錢在上海這樣地方支住十二個人生活是支持不了多久的，他拿了一支煙抽，說：

「娘，我們住了上海，這些東西什麼時候不能買，何必這樣急？」

林老太太雖然覺得這話對，但總有點不高興：

「可是現在大減價呢？」

「上海天天是大減價。」

林老先生在喝茶，他看他兒子不高興，他太太被說倒了，而且買東西他也在內，於是打斷了這話頭，說：

「你房子尋到沒有？」

「房子，尋了十來處都要頂費，可以住得開的都要一千以上的頂費。」

「頂費要一千以上？」

「現在到處都沒有房子。」

素一同素二為了玩一輛小汽車鬧了起來，把林先生的話打斷。

素二的汽車被素一搶去了，素二大聲的哭。

林老太太奪汽車給素二，罵素一：

「不玩自己的輪船，要搶弟弟的汽車。」

於是素一大聲的哭了。

林先生忍不住說：

「娘，這些東西買給他們幹麼，糟蹋錢，反而害他們爭鬧。」

林老太太正要說什麼，可是有人進來了。

那是二少奶奶，肉感的手臂夾著一大包東西。一進門就說：「啊，婆，我替你買了件夾衣料。」二少奶奶擔心的是她娘要怪她買東西，所以預先買了一件給她，可是她婆倒沒有怪她，怪她的是她丈夫。林老太太沒有說什麼，林先生在沙發上懶洋洋的發出厭倦的問句：

「你不是看房子去麼，怎麼買這麼些東西？現在我們頂要緊是房子。」

「房子！說起房子，我看了一上半天，都要頂費，很大的頂費。」她很強的說：「現在做二房東都發了財，一間房子分租比全幢還貴。」她突然坐了下來，又繼續下去：「我說早點搬來。早點搬來，我們不但有房子住，而且還可以把房子租出去，弄得好不但不用出房錢，還可以賺錢，現在好，我們要頂才租得到房子！」她說完了很有理的嘆一口氣。

林先生在喝茶。正要說話的時候，老三進來了，他笑嘻嘻地說：「娘，我們今夜去看戲吧，早點吃飯。」

「你找房子怎麼樣了？」林先生問。

「啊！房子，房子都要頂費，我已經托了幾個熟人去留心。」老三到上海如魚進了水，他接下去說：「今天戲好，不能夠錯過，所以我已經定好了座位。」

「什麼戲？什麼戲？」二少奶奶搶著問。

「好戲好戲，我不說，你去了，就曉得。」

「哪麼我們那裡吃飯呢？現在已經七點鐘了。」林老太太也很高興。

「隨便那裡，你們要吃廣東館還是京菜館。」

「旅館裡吃呢？」

「又貴又不好。我看還是京菜館吧，明天去吃廣東館。」

於是除了大少奶奶陪小彭在旅館叫點東西吃吃外，大家都興高彩烈有說有笑的出去了。

四

第二天大家對於兩間房住十二個人的不滿意也不嘮叨了。林先生還是拉著老三一早出去尋房子。

房子還沒有尋到，可是大家並不焦急。

今夜是廣東菜，飯後大家看電影。

這樣一挨又是兩天過去，忽然素一發起熱來，想是痧子，可是熱度一天天高起來，請中醫，又請西醫，後來方才斷定了是肺炎。旅館住病人總是不便當。於是幾個主意又爭執起來，結果還是住醫院。

素一去醫院的第二天，素二忽然發病了。痧子的傳染真是快，素三隨即也發了起來。

二少奶奶已陪素一到醫院去，她怪來怪去怪大少奶奶，說要她們肯在寧波耽幾天，這疹子不會傳染給素一的。大彭的疹子早發過，小彭也已經好了。現在大家都要看顧素二與素三。請醫生，吃藥。林先生為此也忘了找房子，他常常去醫院，有時候也要看朋友。

其餘的人自然更不想到找房子，大家守著素二與素三做什麼好呢？打電話約朋友打牌吧？於是每天打牌吃零食，夜裡男人們無聊，去跑狗場或者回力球場去。

不久素一出院了，素二素三也已經痊癒，但是醫藥錢用了不少；二少奶奶也已經恢復了素一病前的自由，旅館生活更加熱鬧起來，大家要吃什麼就拿什麼，要看什麼就鬨出去看什麼，爭吵的情形也少了，生活快活地過著。誰都知道把日子這樣打發是再容易沒有了。

糊裡糊塗的月底到來，旅館開上千餘元的賬單，銀行也寄來清單。林先生算算他們整個的產業已經動用了三分之一，平常開支票時莫名其妙的，這時候雲消霧開，豁然展開了一個可怕的前途，像是晴天裡一個霹靂。

林家靠祖產生活有三代了，大家在古老的屋裡，懶逸地平穩地消磨生命，沒有享受近代的繁華，也不知金錢與工作，林老先生年輕時愛點花鳥，現在愛點現成的古玩與書，因為這些都是上代傳下來的東西，他用不著花錢；出門的時候也只在茶館裡喝一杯茶，社友間打打小牌。看戲，在以前，半年中也有一二次，現在則大家好久不去了。林老太太的精神在經堂佈置上或者牌上，她並不是不喜歡別的，不過長遠不接觸，她已經忘去了。老三以前在上海做事，什麼都玩慣了，虧空了不少，後來由他家裡賠出來才了事。到杭州後因為朋友少，家裡管著，所以也還安份守己，同家裡打打小牌也就把空的辰光消磨，可是現在大家都來上海，老三是引起了以前的趣味，林老先生雖也到過上海，但是多年前的事了，而且來時日子少，路生膽子小，現在有老三陪伴，同林老太太一樣，覺得世界上還有這樣一個另外的世界。她們不知道錢，他們只知道照舊是生活，大少奶奶是舊式的，聽憑家庭；二少奶奶在杭州好像關在雞籠裡的老鷹；小家庭時候因經濟的束縛而壓下的意識，這時候回上海好像無形中發洩了。所以大家都沒有意識到錢要花完，至於林先生，第一他一個人生活過，組織小家庭過，第二他讀書時候支配過金錢，也總算管理過幾年的家務。這次到上海，為孩子的病，他心境不好，也忘掉了一切，其次他也不曉得在林老先生手上的支票簿是怎樣開的？誰知道林老先生會隨著老三的慫恿而胡花呢？

旅館的賬單不但出了大家的意外，也出了林先生的意外。於是林先生又把這些事實向大家說。

大家駭了一跳，但都沒有主意。

大家沒有了主意，也就沒有爭執。

大家都看二少奶奶。她正由座位站起來，以為她又有什麼主意了，但是她發出是牢騷：

「旅館這樣貴，這完全是沒有租房子的緣故。假如早聽我話，早點逃出來，不但早租了房子，而且還可以分租出去。」

「現在說這些有什麼用，」林先生說：「據我看，現在就是出一二千塊錢頂費，也只好出；早一天搬出旅館就可以早省一天錢。
大家沒有說什麼，事實把她這樣決定了。
可是當林先生出去找房子出時候，牌聲又在房內響起來了。

五

房子已經有了，是一千五百塊錢頂的，裡面有一堂家具；這房子是三層樓一幢，有兩個亭子間，現在要把這房子分給十二個人住，於是爭鬥又起來了：
「……」
「……」
「……」
「住在小一點地方我不要緊，但是我要一間作經堂。」林老太太要佈置一個經堂，雖然她不一定要念經。
「三層樓亭子間倒可以讓我做書房，擺點古玩與字畫。」林老先生要佈置書房，雖然他半年裡不見得要看一本書。
「那麼大家睡到那裡去呢？」林先生在房內來回的走，好像想辦法似的，眼睛看看地上說。
「我同孩子只要一間這樣的房間就是了。」大少奶奶說時眼睛看看房間的周圍。她住杭州時有兩間房間，每間比這旅館房間還要大許多，他不知道新租的房子內根本沒有這樣大的房間，所以她的原意還是表示她的欲望的微小。

「我早說這房子太小，住不下這麼些人。」老三說了自己也覺得有點說錯似的笑了。

「就這房子，也要六十五元一月房租。」林先生回答他，這次眼睛望著老三。

「那麼怎麼辦呢？一共是五個房間。」二少奶奶請教林老先生與林老太太。

林老先生林老太太都沒有主意。大家沉默了許久。

還是林先生打破了這沉默：

「現在逃難時候，大家只好將就一點，娘是不是？這裡房子小，又要出房租，有什麼辦法！」

「我想或者暫時先住一住。」老三還就他哥哥說：「爸娘住在三層樓，或者再帶一個小囝，二哥二嫂帶素二素三住二樓，大嫂來住一間亭子間，大彭小彭同素一末，同一個傭人住一間亭子間，我同老四來住在客堂裡。」

「這也不是辦法，客堂裡總要吃飯，或者坐坐談談。」林先生說。

「有時候還要打打牌。」二少奶奶加一個更大的理由。

「我以為爸娘住在三樓，最好肯加一張小床給素一睡，我們來帶素二素三住二樓。嫂嫂同孩子們住一個亭子間。老三老四住一間亭子間。樓下客堂也可以做爸爸的書房，也可以做娘的經堂，也可以大家吃吃飯，談談，打打小牌，假如我們用傭人，夜裡就叫他們打鋪睡在地板上。」林先生看看大家，又說：「現在逃難時候，上海租人家房子比不得杭州自己房子，大家只好湊合點。」

大家也沒有異議，因為事實使他們沒有可爭執了。

「那麼我們到底用幾個傭人呢？」二少奶奶提出了新問題。

「現在比不來在杭州了，大家只好自己做做。」這是林先生。

「那麼四個人總要用。」老三說。

「要是你發了財，用十個也好。」這自然也是林先生。

林老先生看林老太太，林老太太看看林老先生。在杭州，伺候二老的是一個傭人，屬於大少奶奶與小孩的是一個，屬於二少奶奶與小孩的是一個，屬於大家的一個，此外還有一個當外的男傭人同一個燒飯的女傭人。現在老三說四個都不可以，因此他們倆不能說什麼。倒是二少奶奶還就地來打破這個僵局：

「那麼用三個：一管小孩，一個管地方，一個燒飯。」

「要是這次孩子們不生病，旅館不住，房子頂費不是這麼貴，跑狗場回力球場不賭輸，雇三個不要緊。現在我們只好用一個」。林先生說。

「一個？」大家都驚異了，尤其是二位有孩子的少奶奶。

「一個，只好用一個燒飯的；要是隔些日子我同老三有事情，可以多用一個，否則我們就要不得了。」林先生很冷靜說。

「那麼收拾地方管孩子怎麼辦？」大少奶奶說。

「誰住的房間誰管，孩子也只好由他娘管了。」

「可是有許多零零碎碎的事情。」林老太太說：「我想二個總要用。寧使別處省一點。」

「二個總要用，你也是，還有十二個人衣服要洗，難道我同大嫂還有工夫與力氣來洗衣服。」二少奶奶又提出更大的理由。

林先生不響了，不響就是默認。

六

第二天，林先生到新頂下來的房子去，又買了一些家具，總算擺佈好了。回到旅館已經不早，大家還在打牌。

他向大家報告他已經把房子安頓好，明天就要搬了。這意思是叫大家早睡。但是大家都沒有理會他。

大家沒有理會他，也只好等著；等到打完了四圈。他正要說話的時候，老三拍拍牌桌，說：

「再扳四圈。」

林老先生剛要表示同意了，幸虧林先生說得快：

「爸爸，不要扳了，你這幾天也累了，明天要搬家，大家還要起早理東西。」

林老先生興致雖然未盡，但是這幾句話似乎很難反駁，所以不響，但是他看看二少奶奶，這因為只有二少奶奶的地位，可以比較無理的去駁林先生。

但是二少奶奶望望林先生。林先生趁她看他的時候，他說：

「你快叫茶房把牌收起來吧。」

「現在又不晚，就是你急。」二少奶奶嘴裡雖是這樣說，手可已經聽林先生的話按電鈴了。茶房進來收拾牌桌，老三與林老先生在談牌經；林先生在沙發上打呵欠。大少奶奶很掃興，她覺得要做點事情，免得侷促。於是她就去倒茶給大家。

「要點點心麼？」茶房收拾了牌桌問。

「啊，點心，」老三開始興奮了：「我要一碗蝦仁湯麵，爸爸，你呢？」

「蝦仁湯麵，好好，我也是蝦仁湯麵吧。」

於是林老太太要一碗冬菇面，二少奶奶要一碗餛飩，林先生自然也免不了要一碗。

剛才大家有點掃興，現在可是又被點心提起了，大家等點心，自然還是談牌經，什麼剛才林老先生一付三翻啦，什麼老三一隻中風啦。……

大家談得很興奮，可是話也就談完了；話一談完，方才想起了點心還沒有來。大家有點不耐煩，老三說：

「其實這等點心工夫，還可以打四圈。」

「真的，十足有四圈牌可以打。」林老先生也應和著說。

但是點心終於來了。

大家吃得滿房間都是聲音。聲音過後，大家吸一根煙沉默了，因為疲倦跟著飽肚襲來；大家在沉默中打呵欠。

這樣總算把一天打發掉了。

七

第二天，孩子們把林先生二少奶奶吵醒時，辰光已經不早，但是大家都還睡著。林先生把老三叫醒了，二少奶奶也叫醒了大少奶奶，開始理東西。於是林老先生夫婦被驚醒了。

孩子們吵擾，老夫婦嘀嘟，又是吃飯喝茶，小房間鬧得一場糊塗。這一個多月來，大家買的東西實在也不少，好容易包紮好了，可是沒有箱子放，於是派老三去買去。

買兩隻箱子是便利不過的事，但是老三竟買了兩隻二十多塊錢的皮箱來。

林先生很不高興，但是老三說，公司裡沒有便宜的貨色，於是林先生自己去。

去了很久還不回來，大家等待很著急。派老三去尋，尋了半天尋不著。

原來林先生到公司看看的確沒有便宜的貨色，只得退作禮券，又到三馬路去買三隻柳條箱子回來，雖然多花了一點現錢，但是東西終便宜了。

林先生回來怪老三，說是現在幾十元禮券有什麼用？但是林老先生以為既然不能退現錢，那麼用好一點也就算了。何必再去買別的，害他們等得這樣心焦。

但是儘管怎麼爭執，東西還是要理。

等到什麼都理好，可以出發的時候，車子問題又發生了。行李房有二三十件行李，房間裡又有十來件行李，林先生主張用老虎車，二少奶奶則主張用搬場汽車。於是大家又發揮了許多議論。二少奶奶的意思是運到那邊可以有時間理，林先生則以為今天總是理不及了。老三自然附和二少奶奶的，因為他生怕叫他坐黃包車去押這些行李。林老太太沒有意見，林老先生也以為還是汽車好些。

所以這個爭執是二少奶奶勝利了。

林先生付好了賬，雇了二輛汽車，自己帶了十個人先走，叫老三點行李同搬場汽車一同走。這樣，大家就大咒小啼的進了新屋，新屋自然亂七八糟，大家於是等行李到來。

行李到的時候已經六點多，卸下以後，又要吃飯，今天沒法開伙，自然到外面去吃。又是館子問題，接著是車子問題，時間在爭執中過去。吃完飯時候還早，似乎應當有點餘興了，但是老三不敢提議，老先生不想提議，二少奶奶有點累了，所以人家安安份份回家。鋪床睡覺的時候，大家也已經有了呵欠。

八

第二天，大家佈置經堂的經堂，書房的書房，寢室的寢室，呼三喝四的鬧作一團。一切終於慢慢就緒，兩個傭人也雇來了。孩子們也進了附近的小學，老四呢，起初還擔憂，後來打聽幾隻學校，都還可以隨到隨考，隨時可以插班進去，於是也有書可念。這樣，大家似乎安定了，但是每天大家都覺地方小，稱讚老家。但是消息傳來，杭州的確淪陷了。大家擔心杭州的老家，可是一點音訊沒有。

地方小，心緒不好，更感膩煩，那麼還是約點遠親近鄰打打牌吧。於是客堂裡響起麻將，日子倒也打發過去。

後來從打牌桌上，林老先生知道有幾個社友們也逃來上海了。於是趕快去打聽消息。原來他們十代的老家已經什麼都毀了。一切未搬出的東西，無論林老太太的經卷佛像，林老先生的古玩書畫以及一切家用什物，甚至門窗板壁都被搶光拿光，管房子的人自然都走了，屋殼現在正做敵人的馬房。

這消息自然使大家都難過了，人家談著，談著，早起談，吃飯談，睡覺談。

林老太太怪走得太匆忙，東西沒有爽快的帶；林老先生怪林先生太急，不讓他多帶古玩書畫；大少奶奶懊悔這樣，二少奶奶懊悔那樣，小小的房子更加熱鬧起來。但每次還是林老先生來下結論：

「懊悔也沒有用，這是大劫大數。」他這樣安慰大家以後，於是大家異口同聲說：

「這真是大劫大數。」於是林老太太加上去：

「要不是大劫大數，決不會輪到林家，我們林家十八代祖宗從沒有做過缺德的事，我又信佛念經有三十年……」

做完這個結論，大家或者出去，或者打牌，或者睡覺，但是第二天又從懊惱談起，談到大劫大數。

於是日子在談中過去，等辰光把這些談話消磨。

靠著這些談話，對於新環境的狹小，大家似乎習慣了。房子雖小，好在外面地方大。

林老先生常常到社友地方去，這裡不是杭州，他們已不再在同善社修行，他們有不少新奇的玩意可以玩，老三常常做了他們的嚮導。

存款天天在提動，大家快樂地過著。

不過林先生在擔憂，不知是氣質使然，還是他是長子的緣故，他每天計算著現在與將來。

起初他只想尋一個合適的職業，以為一有職業就可解決一切，但是職業雖有，都不合適，於是弄到後來，不合適的職業都沒有了。

最後，總算靠二少奶奶母家的關係，找到了一個七十元一月的銀行位置。

但是這七十元一月的收入，對這個家庭有什麼補呢？

老三的花錢他還可管，但是他父親的花錢，他有什麼方法管呢？算算存款一天一天少起來，他已經分不出用存款在度日子，還是日子在打發存款。

於是有一天，林先生在吃飯的時候將這個問題提出去。大家自然有點驚愕，但是都沒有什麼辦法。

沉默。於是林先生開始說：

「爸爸，我們只好節省，第一是不要出去花錢。」

林先生知道爸爸外面牌打得很大，所以這樣說。

林老先生還沒有表示，但是老三先發言了。

「省，怎麼省也不能不動存款開銷過去，我們總要想法子賺錢。」

「賺錢，那麼你去賺點試試。」林先生說時，眼睛盯盯老三。

林老先生覺得這是一個爭執，他抽上一根香煙說：

「都要緊，都要緊，開源節流，開源節流。」

林老先生話剛說完。廚房裡有素二的哭聲，老三就藉著岔兒出去，哄著素二上樓了。

林先生對著老先生，沉默著。隔了一會，林先生又說：

「要是老三有個事情，就比較好點。」

「他能賺多少錢，有什麼用？」老先生說了，好像誇讚林先生似的說：

「他肯像你這樣就好了。」

林先生雖說主張開源不易還是節流，但是怎麼樣節流，可以收支相抵，這是林先生說不出的，正如老三說不出如何開源一樣。林老先生雖然主張兩樣都重要，但是一樣都沒有辦法。所以沒有結果。

沒有結果，還是要生活下去。

日子照舊的一天一天過著，錢一天一天的花著。

九

林先生是在耽憂，他覺得應當想點辦法。

辦法終於想出，他把八千塊現錢買了外匯。另外僅有的是一千幾百元錢留作家用。但是他沒有同他父親和弟弟們說，第一怕人多意見雜，第二怕賺了一點錢他們會花得更隨便。他同少奶奶說起這件事，少奶奶也再三關照他不要同家裡別人說。

這自然再好沒有了，但是當一千幾百元錢快用完的時侯，林先生慢一天將外匯脫手，以致林老先生的一張支票退回來了。

林老先生支票是老三去取的，退了回來，老三自然疑心他哥哥把錢花完了，否則就是故意把錢劃到別處去，叫他們支不動錢，回來同林老先生一說，林老先生想了一想，覺得林先生素來謹慎，把錢用完，這是不會的，一定是不給林老先生支錢，所以把錢挪到別個銀行去了。這樣他愈想愈氣，要是這時候身邊有錢，外面跑一趟，也許會好；但是沒有，待在客室裡跑上跑下，又兼老三在旁邊，引證許多事情，挑剔林先生存心不良；這使林老先生一方面感到在小兒子面前失去父親的尊嚴，另一方面感到將來的危險，所以實在有點忍不住了。因此當林先生從銀行回來，剛要上樓的時候，林老先生就叫住了他：

「韻白！」聲音尊嚴而尖厲，這使林先生非常驚愕，因為這是十幾年來沒有聽到的聲音。

林先生於是折回來，到了客堂，他一進客堂，老三就溜出了，於是林先生只見他父親面目板板的迎著他。

「爸爸，什麼事？」他開始先問。

「你為什麼把錢挪到別處去？」老先生目光盯著他。

「把錢挪到別處去？」

「你真是愈來愈像樣了，目無父母。我因為年紀老了，叫你們管管家事，你們倒管起你父親來了。」

林先生當家以來，這是第一次遇到父親的聲色，他不知道出了什麼事，但當他看到老三剛才溜出去的情形，他知道這一定父親聽了老三什麼話。

「爸爸，有什麼事你好好說，不要只聽老三的話……」

「我聽老三什麼話？」林老先生頓了一下又說：「我做老子的要用點錢難道是多的麼？」

「爸爸！」林先生這時候實在忍不住了：「我不過為家裡著想，爸爸既然不相信我，我明天把摺子交你就是，錢都在，你放心好了。」

林先生說完了，就往樓上跑，二少奶奶正在門口聽著，聽見他上來了，她就溜到房裡去，做作迎出來說：

「什麼事，你同你父親怎麼啦？」

林先生沒有回答，坐到沙發抽煙，什麼也不響。

「何必同你爸爸生氣，他年紀也老了。他不相信我們，我們何必辛辛苦苦管這個家？」少奶奶隨時都在注意外匯的價格，她又聽清楚剛才的爭論，她見丈夫沒有話說，她又說：

「我想，你明天把這八千塊錢交給你爸爸。讓我們搬到別處去住好了。」

林先生還是沒有作聲。少奶奶又說了：

「這個舊家庭實在夠悶氣了。上海的朋友，這次碰到都說我老了。我早就同你說我們搬出去組織小家庭了，又怕你要做孝子。現在既然這樣惹你父親生氣，我們為什麼不搬出去？也好讓他們住得寬敞點。」

不知是其中哪一句話觸動了林先生的心，他開始淡淡的發出一句問話：

「分開住不是更費麼？」

「但是在精神上總可以痛快點？」少奶奶於是坐在他的旁邊說。

「那麼，我們帶著三個孩子，難道……？」林先生說了半句不說了。

「那要靠我們努力，我們買的外匯不是有七八千元可以賺，用這個做本錢，我們不是可以做點生意。」

「外匯，那是家裡的錢呀，你這是什麼意思？」

「家裡的錢，家裡八千塊錢，你還他們八千塊錢還不夠麼？」她又補充著說：「你給他們多，將來也讓老三糟塌掉，他們又不會做生意。要是我們生意做得好，你將來做孝子的日子正多呢。」

「……」林先生不響，眼睛望著空氣。

「我呢，還有點首飾，也值點錢。前些天，有朋友叫我同她合資辦一個小學校，我正想同他商量，想把它兌去去合作。」

「辦小學校？」

「是呀！」她說：「現在辦小學都發財呀。上海人多，小學生自然也多。」

「……」他又不響了。

「在這樣大家庭裡，家不管，大做事總不像樣，你父親不是也不會贊成的。」

「你要做事，那麼孩子呢？」

「你真傻，孩子反正要讀書，放在自己學校不更好麼？」

「……」他又沉默了。

樓下叫吃飯，打斷了她們的談話。

林先生不吃，可是二少奶奶應著下來了。下面林老先生還在生氣，老三出去了沒有回來。

二少奶奶一聲不響，吃了飯，領著孩子上去，於是再下來拿飯給林先生吃。

十

第二天，林先生出去以後，二少奶奶也跟著出去了。二少奶奶是去看房子，還到朋友地方去打聽打聽。回來時候林先生已經在家。她聽見林先生同林老先生在客堂裡，就一直上樓去了。林先生已經把八千元的存摺交給林老先生，告訴他這是憑折取錢的，這表示林先生自已從此不再支款了。

林老先生收了存摺，沒有話說，於是林先生歇一會也就上樓了。

到樓上二少奶奶迎著他問：

「交給他了？」

林先生點點頭。

於是二少奶奶同他談房子的事情：

「租房子實在不易，我想還是頂一幢吧？話梅同我說，她們弄堂裡倒有一所房子出頂，兩千塊錢。」

「兩千塊錢？」

「兩千塊錢，是的。不過裡面還有一堂家具，房子很好，我去看過，房租也不貴，我們分租出去，可以不出房錢。」

「……」林先生不響，心裡似乎在想別的。

「我們要早點決定，明天敲定了，早點可以搬。你說怎麼樣？」

「……」林先生不響，歇一會才說：「隨你去辦吧。」

……

一夜無話，第二天二少奶奶去付了定錢，但是要等一禮拜後才能搬進去。她回家來同林先生談了，決定暫時不說，等搬的頭兩天再說。

林老先生雖然把存摺拿來了，但是當家的事情並不想從二少奶奶手中拿來。所以在吃飯的時候，他問二少奶奶一個月到底要多少家用？

「大概總要三百元左右吧？」二少奶奶只說一句。可是飯後林先生還在客堂裡，她帶著孩子們上樓以後，林老太太進來了，拿著三百塊錢要給二少奶奶，可是二少奶奶說：

「婆婆，錢何必交我，每天要用來拿就是。」

「既然叫你當家。」林老太太說：「自然把每月的錢交給你好。」

但是二少奶奶一定不接受，最後接受三十塊錢，她說：

「這許多放在手裡太不放心，還是先拿三十塊錢，用完了再問公公拿好了。」其實她心裡已經打算好，柴米衣料不買，三十塊錢大概夠維持到一星期了。

於是林老太太拿了其餘的錢出來。

二少奶奶本來是不想再當家的。但是現在房子敲定，一星期後就要搬了。所以也就不想再多一次麻煩。

於是每天用這三十塊錢，打發這一禮拜的日子過去。

一禮拜的日子是容易過的，於是星期五的晚上，林先生提出了搬家的意思。

「要搬？」林老先生首先有點不舒服。

「誰要搬？」林老太太問二少奶奶。

「我想，」林先生接住了說：「這裡人多，爸爸媽媽也住得不舒服。所以我們另外去住，或者……」

「那麼兩家開銷不更大麼？」林老先生搶著說。

「還有，」林先生說：「我們這樣總是過不下去，我也大了，再用家裡的錢也說不過去，所以我想讓她去做小學教員。……」

「那麼小孩子怎麼辦呢？」林老太太關念著孫女們。

「預備就在自己的學校裡讀書。」二少奶奶得意地說：「這樣我想自己也可以照顧。」

「那麼也何必搬，在家裡不是一樣可以去教書？」林老先生心裡覺得他們搬出去，就是因為上次的生氣，他想挽留。

「不是，這裡離那個小學校也太遠一點。」二少奶奶自自然然的說：「而且小學裡事情很忙，我擔任了級任，兼教務主任。有孩子們，早晨會來不及。」

「位置已經約好了麼？」林老先生驚異地問。
「是的。」二少奶奶點點頭。
「多少錢一月？」
「三十元。」
其實二少奶奶所說的並不是事實。她計劃中是反正就要成事實的，何不當做事實來說。
林老先生覺得他們意志很堅決，不說什麼了，或者在想點話說。林老太太也在想話說。林先生不安地站起走幾步。二少奶奶一見大家很侷促，看見素二在門口奔，就叫一聲：「素二！」，趕了出去，拉著素二上樓了。
客堂裡空氣太悶，大家沒有話，幸虧老三從外面進來了。於是林老先生有話說了：
「你哥哥要搬。」
「搬那裡去？」
「搬到外面去住。」
「為什麼呢？」
於是林先生說了：
「你嫂嫂要去小學校教書，還有小孩們預備進那面去。這個學校離這裡太遠一點。」
「那麼什麼時候搬呢？」
「明天下午，後天早晨。」

「那麼就要理東西了。」

「是的。」

林老先生似乎想老三有點意見，但是老三對於他們搬同不搬竟沒有意見。

於是大家沉默了。

人多話少是最寂寞的事，於是老三提議打牌，嫂嫂要搬出去了，最後大家打一次，林先生沒有反對，因為這倒是一個解脫這份沉悶空氣的辦法。別人自然更不會反對。

於是老三把牌倒出來，叫張媽媽請二少奶奶下來，於是沙沙的牌聲衝破這空氣的苦澀。

十一

第三天早晨，是星期日，林先生同二少奶奶帶著素一素二素三搬出去了。二層樓現在空了出來，林老太太因為樓梯難走，所以要從三層樓搬下來。三層樓讓給大少奶奶帶著大彭小彭住，老三與老四各占一個亭子間。這樣分配，大家沒有異議，因為林老太太現在似乎也不想到經堂，林老先生也忘掉了書房。

七手八腳搬好了以後，大家都吐出了一口氣，覺得二少奶奶搬出去，倒是於大家有益的事情。其中最感到舒服的當然是老三，他拌著他父親，可以更自由的花錢更自由的做人了。

於是他們天天去跑狗場，回力球場，贏來錢自然樂得享受快樂一場；輸了錢，輸都輸了，難道還怕花點享受享受嗎？於是飯館戲院，日子過得全家都快樂。

但是林老先生的存款是一天一天少了下來，平常不注意，等到一看銀行存摺，林老先生自己也駭呆了。原來存款真是快提光了。

星期日林先生有時候總來看看林老先生，平常林老先生可從不提到錢，可是這次不得不露出來了。

對於金錢的問題，世上不外開源與節流；林先生籌思了一下，覺得老三應當先尋職業，回力球跑狗場總應絕跡，客堂可以租出去。林老先生對於第一條自然贊成，對於第二條也不反對，但是對於第三條則覺得根本不能行。

林老先生於是到各處去看社友，托別人為老三謀事，林先生也到朋友地方去設法。但是兩星期過去了，沒有頭緒，林老先生很著急，林先生也覺自己有責任，他於是托二少奶奶去想想法看。但是二少奶奶覺得林先生多事，她說：

「我們已經分出來了，還管他們作什麼？」

「但是總是我的弟弟，我怎麼好不管？」

「我去托托人或者有辦法，可是我可托的人，都是要去買面子交情的，先賣掉了一次，以後我們自己有急就難賣了。」

二少奶奶並不是不願意幫忙，她要表示自己的威權，所以她接著就說：

「而且老三也太不爭氣，將來出了岔我們怎麼對得起人家。」

「這個自然只好叫父親去找一個保人。」林先生說：「我們只要盡我們能力就是了。」

二少奶奶似乎首肯了，但是不作聲，她過來摺被鋪，這已經睡覺時候了。

於是林先生也不說什麼，他寬衣預備就寢了。

一宿無話，第二天林先生到行裡去後，二少奶奶也出去了。

夜裡回來的時候，說是老三的事情已經有了眉目，那是一個新開小錢莊裡的職員，薪水不大，但是年底紅利據說很可觀。

林先生第二天就去報告林老先生，林先生特別提出保人問題，要林老先生去尋去，這保人責任自然是很重要的。他還請林老先生要好好叮嚀老三，並且以後要隨時注意老三的行動。

林老先生覺得保人並沒有問題，對於老三自然也答應去注意，但是心裡覺得林先生也太不相信自己弟弟一點，老三雖然以前在上海出點岔兒；但是那是年輕時候的事，後來在杭州不是很好。

林先生隨即走了，林老先生第二天一早就去拜訪社友，請他們替老三作保，但是大家都覺得責任太大，林老先生跑了一天竟沒有結果。這是出了林老先生意外的事，使他很感到世態炎涼，但是如果為了尋不到一個保人，不能使老三去做事，這在林老先生是一件丟臉的事，而且對自己的大兒子也無法交代。所以當夜想了幾個人，第二天又去接頭去。總算有一位姓王的親戚答應了他。

於是沒有幾天，老三就進了恒泉錢莊。

恒泉錢莊的職員大都是有錢人家的子弟，他們衣著入時，出入娛樂場所，薪水只能充充他們的車錢。老三初進去自然同他們不熟稔，但他是活潑豪爽多言笑的人，所以不到一個月就同他們絞在一起，一同跳舞，打牌，上賭窟了。同林老先生在一起，老三不過到跑狗場回力球場走走，現在他到了另外一個圈子時，在耍錢，湊熱鬧以外，他又愛上了女人。他在舞場裡，不久就迷上了一個舞女，他必需用錢么鋪張。錢不夠，自然只好在店裡移挪，等到覺得所移挪的錢不能歸還的當兒，他想往賭窟裡贏一點來，贏來了又覺得賺錢並不是難事，於是花得更加痛快起來；但如果輸了呢，他只得再向錢莊裡移挪。這樣日積月累，不到半年，他已經虧空不少。但是年底到了，要查庫，又要結賬。他覺得他的虧空無法彌補時，他想還是捲一筆款子帶著他所愛的女人跑了吧。好在淪陷區域的世界也不小。

於是第二天，報上刊登了恒泉錢莊的職員捲款兩萬六千元潛逃無蹤，錢莊也報告了捕房，刊登出緝拿的啟事。

十二

這事情自然是保人的責任，但是老三可以潛逃，林老先生並不能潛逃。林老先生在杭州是世家，兒子出了事，當然不能脫責；林先生同二少奶奶是介紹人，面子有關，所以也不能推諉。

於是由這三方面研究，爭論，奔走，談判，請客，挽人，說情，鬧了兩三星期之久，終於同錢莊當局說好，把報上的通緝取消，立刻賠二萬塊錢給他們。

這兩萬塊錢是怎麼來的呢？林老先生現在是沒有錢了，雖然在淪陷的杭州湖邊還有押出去的一點房子；保人雖是有錢，但不肯拿出來；林先生現在雖是很好，但總說沒有辦法。可是交款的日子近了，必需由他們負責。最後保人答應出一萬五千元，但是林家押出去的湖邊房子的主權歸他。林先生答應去籌五千塊錢。

出這五千塊錢，二少奶奶是不高興的。她說：

「我說我們不要管老三的閒事，現在石板壓自己的腳面；你再不聽我的話……」

「但是，」林先生搶著說：「我告訴你，今天我把我們的囤煤賣去，賺了六千多；一個人做好人終有好報。」

二少奶奶想了想也笑了，她要急著出去，因為學校裡正忙著招生。

但是傭人上來了，報告昨天看房子的人來付錢了。她們的房子要出頂，原因是她們可以搬到學校三層樓去住去。

這所房子頂進是二千塊錢，她們把二層下層都租出去。隨著人口的膨脹，物價的高漲，她們租金一次次的增加，但是大房東的房租，限於契約及別種關係，到現在還是照舊，所以二少奶奶自己不但可以白住，反而可以賺錢。但是現在她要把它頂掉。價目是四千塊錢，召頂條子一出，就有許多人來接頭，一天工夫就敲定了交易，今天這位承頂的人來付錢了。

於是二少奶奶請他進來，她收了錢，出了收條，敲定了交屋的日子。她就到曰華小學去，曰華這名字是她同她的朋友金大小姐合夥的商標，因為，曰是二少奶奶名字裡的一個字，華是金大小姐名字的一個字。這小學的校址在法租界，是一宅很大的花園洋房，上學期她租了這宅大房子怕學生太少，她們將上面兩層分租出去。她們兩個校長，每人只出二千五百塊錢，租定房子，做一塊金字招牌，印一點章程，辦了一點桌子板凳，於是報名費就滾進來了。接著就招考教員。

上海的人口已經增到五百萬，這些都是內地跑來的人，不少是以前教過書的，不少是中學畢業的，沒有事做，還有不少的小姐，從學校畢業出來以後，找不到適當的人可以嫁，所以閒居在家裡的；這些都是不計薪金的教師。

於是二十塊錢一月，立刻就有幾百個人來憑你挑選。

但是一個學校，除了教員以外，總還要一點內行的人員，二少奶奶是外行的，二少奶奶的朋友金大小姐也不懂什麼。於是由金大小姐的叔叔介紹，用四十塊錢一月，從內地請來一個教務長，這教務長姓張，抗戰前她在內地曾做過十來年縣立小學的校長，因為那個地方淪陷了，所以現在她沒有事情，住在他弟弟那裡，她現在四十來歲，人胖胖的，大家叫她張先生，但是二少奶奶她們在背後可叫她張大塊頭。

背後叫張先生這樣的綽號，那就是表示二少奶奶同金大小姐是不滿意她的。這因為張先生辦教育有年，處處要根據辦縣立小學的精神來辦這個學校。她要站在學生的立場對校長爭辯，正如以前她站在學校立場向縣政府與黨部爭辯一樣。譬如學校收學生兩元錢體育費，她就主張置辦一點木球籃球的器具；收學生一塊錢圖書費，她又主張要購置一點兒童畫報與讀物；收學生兩塊錢衛生費，他就主張要請一個校醫，備一點普通的藥物。……

上學期第一次招生就來了三四百，第二次第三次又是二三百，學費雜費，體育費，衛生費，圖書費……收攏來的錢實在很可觀，二少奶奶同金大小姐把應當開銷的錢留出，大家已經把本錢贏利分開了。現在張先生要她們購置那樣，舉辦那樣，她們怎麼會舒服？但是章程一切原都是張先生擬訂的，自然不好意思對她說什麼。她們只是用敷衍的方法說是已經去購置了，托人去辦了，最後因為張先生催不過，只得置辦一點便宜價的藥品，簡單的運動器具，以及到舊書攤上買了幾十本又髒又破的兒童讀物。

其他的事情自然很多，處處使張先生非常失望，一學期終了她就辭職了，二少奶奶與金大小姐自然沒有挽留她，她們已經有了基礎，她們也學會一些內行的事情，而且更甚的她們還想出，不，或者說她們從別處學會賺錢的方法。所以現在這學期，她們舉辦了制服，每人要付十塊錢制服費，制服自然要發的，但是大批定來，一套只要七塊錢，算來她們可以在每個學生身上賺三塊錢。在制服以外，她們還備了徽章，這是每個學生必須買的。徽章的來價是二角三分，但是他們收人家五角，在徽章同時，學生還應當置辦一隻製有校名與編號的搪磁茶杯，每只茶杯，她們也可賺兩角。

但是這學期學生更加發達，照第一次招生的成績及舊生留額的數目，已經七百有餘，現在二少奶奶到學校去，還在忙第二次招生。

這因為上海的人口實在太多了，從內地逃難來的，一家平均也有兩三個兒童，本來讀書的，自然要讀，原來不上學的人也受了都市的空氣，要想法省點錢下來給子女去上學，還有居房狹小，兒童在家裡無事可做，闖禍出亂子，總有點危險，還不如送到學校去。自然上海也有幾隻較好的小學，但是路遠來去不便，而且名額有限，很難進去，有的家庭也不懂什麼好壞，只知道房子外觀不壞，學校一定還不錯，所以雖然貴一點，也還是有不少的學生。

二少奶奶到學校，看看來應考的學生不少，她心裡非常高興。她們已經向上面兩層房客退租。二層歸學校用，三層有四間房間，一間收寄宿生，一間給金大小姐住，還有兩間就是二少奶奶預備搬進來住的房子。她看看新生有教員們在料理，她就上去看看房子，到底要怎麼樣佈置安排，還要添置點什麼不要？

十三

林先生他們搬進了曰華小學。這很使林老先生驚奇，所以當林先生去報告他的時候，他說：

「怎麼突然搬了？」

「這是沒有辦法的事情，水電貴都貴了，房子合同一滿，房錢也要漲了，搬到那面去總可以省一點。」林先生說了還加上一聲長嘆。

林老先生近來家用也成了問題，本來想問林先生拿點錢，看林先生這樣一說，正如在他背上澆上一盆冷水，他沉默了。林先生也不響，大概有五分鐘工夫，林老先生站起坐下好幾次，最後他也嘆了一口氣，於是說：

「這裡更是沒有辦法！我本來很想同你細細談一談。我們到底怎麼辦好？」

「總只有省。」林先生說：「照我的意思還是把客堂租出去。」

「就是租出去也不能過活。」

「總比不租出去好一點。」

「但是目前生活就成問題。」

「現在世界，過一天，算一天，總只有把一點積蓄用著再說。」

「積蓄，還有什麼積蓄？」

「怎麼？你是說……」

「都完了！」

「都完了？」

「什麼都完了！」林老先生說：「要不我也不想把杭州房子賣掉。」

林先生初聽父親訴苦的話，本來想叫他父親把錢交他去做點生意的。現在知道林老先生的確是沒有辦法了，要不然他不會對兒子地方這樣示弱的。這使林先生有點著慌，因為無論分家分得多麼清，他總不能不養活年老的父母。所以他主張立刻把客堂租出去，於是得了他父親的同意，他動手寫了七八張分租的條子，叫老四拿到門口，弄口，電車站去貼去。
林先生回家同二少奶奶商量，二少奶奶以為她們已經分出了，何必去管他們這些。她說：
「那麼誰叫他當初不相信我們，逼我們分家呢？」
「但是，」林先生說了：「我對於全家最低的生活限度總要負責的。」
「那麼最後要弄得大家都餓死。」她說：「你要去管管，我可不管！」
「那麼難道我們自己吃飽飯，叫父親母親餓死？」
這當然是不會有的事情，於是林二少奶奶沉默了。
「我以為，」林先生說：「總要替他們想一個根本辦法。」林先生說完了在想，二少奶奶也在想，最後她說：
「那麼除非他們肯刻苦，把房子都分租出去，自己住一間三層樓？」
林先生不響，歇了許久，他說：
「最好大嫂可以替她找一個事情，讓她帶了小孩住出來，那麼只有父親母親同老四，住一個三層樓就可以了。」
「她能找什麼事情。」二少奶奶說：「我們管了父母，難道還要管她。」
「不管她，難道說得過去的？而且這是我們的面子，她沒有事情，父母自然不能不管她的。」林先生望著二少奶奶說：「我想最好小學裡替她弄一個位子，只要有飯吃，給她一點零用，讓大彭小彭有書讀，這就算了。」

這倒提醒了二少奶奶，因為現在學校裡有了住校生，她同金大小姐都忙煩得不得了，弄得影戲都不能自由去看。金大小姐已經好多次說想用一個人，不但可以督理小孩，而且還可以管理傭人，如打掃地方，處置伙食一類的雜務。但是外面雇用至少也要二十塊錢的月薪，還不見得可靠，那麼現在用了大嫂豈不是好？又省錢，又有面子又解決了家裡的負擔，於是二少奶奶笑了，她說：

「這樣也好，我同金大小姐去商量商量看。」其實她自己也還要再考慮一下。

第二天，問題總算解決，林先生把這計劃同林老先生去商量，而這計劃是林老先生所不能反對的。

林老先生對於大少奶奶到曰華小學去做事，大彭小彭到學校去，他很贊成；但是把房子都租出去，叫他同林老太太以及老四三個人來住一間，他有點反對，但是林先生說：

「這是沒有辦法的事情，現在我們一個錢沒有，每天要吃，所以只好房錢那裡賺一點來。而且老四也快畢業了，畢業以後自然去做事。那麼也還是……」

「我自然覺得這是省錢的方法，但是你娘，昨天我說把客堂搬出去，她一個人嘰咕了半天。」

於是林先生到三層樓，去看林老太太。林老太太正為客堂要租出去，有點不高興，一見林先生，她說：

「韻白，客堂是要租子出去，家裡還像一個家麼？」

「娘，這是沒有辦法的事，總是老三太糊塗。」

「你倒搬出在外面舒舒服服的。」林老太太不平地說。

「我們已經搬了學校去，現在抗戰時期，打仗年頭，只好大家吃點苦。我已經叫曰萍替大嫂也在小學裡弄個位子，那麼大彭小彭也可以住校。家裡更可以省點錢。」

林老太太最後沉默了，她知道家裡已經沒有現錢。她嘆了一口氣說：

「這真是林家大劫大數！」

「這也不是我們一家，許多人家比我們還壞。現在家裡一個錢沒有，我賺得又少；所以我同爸商量，把房子都租出去。我們可以多一點收入，那麼還可以弄一口飯吃。」

「客堂租出了，這許多家具搬哪裡去？」

「東西可以賣掉一點。」

「東西可以賣掉？」

「娘，現在是亂世了，我們幾十代的房子都被人占去，幾百年的家私都被人搶去，我們一定不肯變動怎麼行？大嫂到學校去，我同爸商量，房子都可以租出去，只要留一間三層樓，你們同老四住住，那麼還可以賺一點錢，弄一口飯吃，否則我們只好當東西來吃飯，當光以後，我們就要做要難民了。」

「老四也住在一起，吃飯，會客，唸經，都在一間房間，這算怎麼回事？只要你父親先肯省一點，也不會弄到這地步，他享福享夠了，叫我來受罪。」

「媽，過去事情不要說了，現在我們總要打算眼前的事情，眼前我們沒有錢要吃飯。啊，而且老四也快畢業了，畢業以後，總也謀事情，要搬出去。」

「那麼，我想，現在可以再留一間亭子間，給老四住，也可以放放東西，等老四畢業了再說。」

於是林先生不說了，因為一間亭子間相差不大，而林老太太到底是他的娘，他也不願太使她不高興了。

十四

預定的房子終於都租了出去。林老先生他們，白住了以外，果然還有不少的收入，但是靠這個過活到底還辦不到，沒有辦法的時候，總只有到林先生地方去要一點。日子平平易易的過去。

起初林老先生很少出門，第一因為他覺得應當省錢了，第二因為沒有老三這樣一個人來做他的伴侶。

那麼他應當是很寂寞了。但是並不，因為客堂與二層樓，還有亭子間的房客，都是他的打牌同志。房間很小，閒著沒事，從早起到吃午飯，從午飯到晚飯，從晚飯到睡覺，這些光陰裡不容易打發，但是當四個人坐在牌桌上的時候，日子就很容易舒適地過去了。

林老先生牌打得不壞，最近賭運尤其好，他一連贏了好幾場，這弄得他的房客們都不敢同他打了。於是他約他的社友來玩，接著自己又每天出去了。

但是，有一天，大概是別人家生日，他去祝壽，打了一晚牌，回來已是天亮，他倒在床上睡覺，下午一點鐘醒來，人有點發熱。

大家總以為這不過是太累一點的緣故，多睡睡就會好的。但是一連三天，熱度反而高起來，那天剛巧有一個社友來看他，這社友懂得一點醫理，當時替他開一點藥方，據他說這是受寒，出一點汗就會好的。

這劑藥下午吃下去，夜裡果然出了不少汗，但是第二天熱度更加高了，林老太太打電話給林先生，林先生趕來了，主張到醫院去住。但是林老先生同林老太太都不贊成，於是林先生請了一個西醫來，西醫替林老先生打一枚針，開一個藥方，也說不出什麼病症。醫藥費一共花去三十八元，這是大家肉痛的事情。

第二天病反而厲害了，林老先生感到劇烈的頭痛，他本來反對看西醫的，現在他更加憎恨了，因為今天病狀的變化，他以為完全是昨天西醫的過錯。於是他又請了一位有名的中醫，吃了三劑藥，但還是一點沒有瘥下來。

林先生來看了幾趟，不敢再叫他看西醫，介紹一位他的妻家常看的中醫來，這醫生說他是濕熱，但吃了二劑藥，也不見有效。

此後這病就一天一天厲害起來，反來覆去，不能安睡，後來連藥都吃不進去了，於是又請了一次西醫，打了兩枚針，下午總算熟睡了一回。那天林先生從行裡來看林老先生，吃了夜飯回去，但是半夜三點鐘的辰光，有電話來叫林先生，林先生趕到的時候，林老先生已經不會說話，痙攣了三次就與世永訣了。

喪事在殯儀館熱鬧地舉行，二少奶奶與大少奶奶都哭得很響，林先生也流一些眼淚，林老太太自然是傷心的，但是她哭完以後就尋到安慰：「這是大劫大數！」只有老四，他感到一種說不出的難過。母親家事不常管，父親是最顧到他的人，現在他要點零用錢都不自由起來了！他感到寂寞與悲哀，他覺得他大哥對於這喪事只當作官事來辦，沒有什麼舉喪的哀苦。

但是日子過得很快，喪事過去後，又是家庭的問題，林先生現在主張把他們房子頂掉，叫林老太太也搬到一起去住。林老太太對於這觸景生情的房子也沒有什麼留戀，只是老四感到了一種威迫。而且暑假快到，老四現在正在忙畢業考試，所以他同林老太太商量，叫她同林先生說，再住一個月再頂，這意思總算得到林先生同意。但是招頂的廣告已預先出去了。

房子不久就頂去，不過交屋的日子是在兩星期後，因為到那時候老四已經可以考完了。當老四考到最後一天的當兒，家裡已經由大嫂在理什物，網籃繩索翻箱倒籠的鬧作一團。到第三天，他們一早就由一架老虎車搬到曰華小學，林老太太與老四被安頓在一間房子裡。林老太太對於這間房間倒還滿意，也可以讓她唸經焚香。但是老四可感到一種威脅。

起初他想升學，他同他哥哥去說，但是林先生說了一大片的理由，他從家庭的經濟情形說起，說到大學教育的無用，又說及進大學是公子少爺的想法，最後還訓斥他一頓。這在老四是一個重大的打擊。看到同學們忙於升學，他開始感到苦悶，他每天到同學地方去閒談，常常租自行車在馬路上蹓躂，他貪看不認識的女人，但羞看認識的女人，他開始注意到世界，看到社會，他開始注意到切身的人生，他漸漸注意到各種問題，貪看各種雜誌。日子就在這樣生活中打發過去。

這悠長的暑假使老四有重大的變化。但是炎熱漸漸退下來，曰華小學招生已經招了兩次。有一天當老四回家的時候，林先生正在等他：

「你每大這樣晚回來，倒是在那兒？」

老四不響。林先生也不等他回答，接下去說：

「那麼下半年打算怎麼樣？」

這事愣住了老四，他竟對於這個問題全沒有想到。他還是不響，在床沿上坐下。於是林先生接下去說：

「要是沒有別的事情，我想只好在這裡暫時教教英文。你以為怎麼樣？」

「也好。」老四想了一想接下去說：「但我沒有讀師範科恐怕教不好。」

「這又是懶話！」林先生說：「多教教也會教慣，你嫂嫂還不是由外行弄起來的麼？」

老四剛想說話，但是林先生又接下去說：

「那麼就暫時教教，也省得把時間玩掉。」

林先生說完就出去了。剩下老四一個人，他靠倒在床鋪上，翻手頭的雜誌，但沒有看進去，也沒有仔細考慮這個職業，他只是迷迷忽忽的看自己紊亂的心緒飄蕩在字行裡。

十五

老四知道做教員是應當讀師範科的。他的母校也有師範科，但是他讀的是普通科，這使他有點膽小，所以他去尋師範科的同學，借了幾本教育概論兒童心理一類的書來看，但是這幾本書就決定了他的命運。

因為在學校開校沒有幾天，他發現許多學校的處置，竟完全不合於他從書本所學到的，這使他對於學校起了很大的不滿。他擔任的是五年級的級任以及四五六年級的自然與英文。他對於自然科要說明的標本與儀器，但是學校沒有；他要帶學生去參觀，而學校不答應，理由是經費不裕。這時候碰巧有一位姓唐的同事，對於學校也不滿意，同他說起許多金錢上的黑幕，同他說起他的二嫂與金大小姐，並不支薪水，而拿去了學校所有款項。同他說起二角三分成本的徽章賣五角，二角成本的搪磁茶杯賣四角，還有接送兒童的紙證要賣人家一角，遺失了還要補買，學校裡圖書設備一點沒有，也不見她們添辦，而二嫂與金大小姐身上每月添置了新的衣服與首飾，這使老四聯想到許多眼見的事實，使他愈來愈憤怒起來。於是在一個教務會議裡，當金大小姐報告，說近來有幾個學生病了，學生的家長來報告說是學生吃冷水的緣故。這件事要請各級級任特別注意，以後看到學生吃冷水要嚴厲懲罰。他站起來說：

「這完全因為學校裡沒有經常的備開水的緣故。應當專備一隻爐子，為學生燒開水。方才夠七百幾十個兒童用。」

「學校裡整天都生著爐子。」二少奶奶站起來說。

「但是，」老四又站起來，眼睛望別的教員：「我們教員要開水的辰光，也時常拿不出來，不是說金先生在燉牛肉，就是說林家在煮被單。」

這使二少奶奶有點惱羞成怒了。她瞪老四一眼，沒有說話，但是老四沒有看她，最後金大小姐發言了：

「學校經費拮据，這種地方不得不節省一點。」

「可是學生收來的錢用到哪裡去了呢？」老四說了，於是公開的說出徽章茶杯的成本與賣價，責問雜費與圖書費的下落，……這樣那樣，本來是公開的祕密，但是大家都心照不宣，現在被老四這樣一說，弄得二少奶奶與金大小姐都下場不來了。結果是有幾個教員笑著溜出了門，慢慢大家都散了，金大小姐與二少奶奶紅著臉也走出了。老四自然也不多耽，他沒有回自己的家，他本來等於沒有家，他到校外找朋友，心裡還浮著剛才的責問的氣憤。

可是校裡金大小姐可不安起來，因為這是二少奶奶的人，怎麼反而同她們作對？難道這是二少奶奶的計劃，對金大小姐有不能共安樂的心理。所以她當時就把二少奶奶拉到自己的房間，哭泣著責問二少奶奶，問老四今朝的態度是什麼意思？二少奶奶又慚愧又氣。結果也是流著淚同金大小姐辯解，最後由二少奶奶負責擔保他以後不再這樣，如果二少奶奶同他說不好，那麼下學期決定將他辭退。

二少奶奶打電話到銀行，但是林先生已經走出了，於是只得到自己的房內，不安地等林先生，她看看鐘又看看錶，打打林先生的衣裳又打打枕頭，駭得素一素二都不敢進來了。

最後林先生終於回來了，二少奶奶一聽到她丈夫的腳步，她已經哭了出來，等林先生一進門，她就迎上去說：

「你倒也回來！」

「什麼事？」林先生又驚又駭的問？

「全是你不好，現在叫我怎麼做人？」

這使林先生更加摸不著頭腦，他坐倒在沙發上，說：

「到底出了什麼事？有話也該好好說呀！」

但是二少奶奶不說，倒在床上哭了起來，林先生沒有辦法，坐了五分鐘之久，才過去慰問二少奶奶。

二少奶奶還是沒有話，只是哭得更加傷心起來。這使林先生有點著慌，到底是什麼事觸犯二少奶奶，雖說年來二少奶奶的架子愈來愈大，但這個樣子到是少有的。難道林先生昨天同同事到跳舞場去被她發覺了，於是他也倒在床上問：

「難道是我觸犯了你？」

「觸犯我！」二少奶奶這時候總算開口了：「我對你們林家總算不錯，你們都這樣沒有良心！」

林先生知道這句話並不是指自己，於是他問：

「那麼難道是娘，娘年紀老了，所以愛多說幾句無關緊要的老話，同她生什麼氣？」

但是二少奶奶不響，翻身到床裡，連哭也不哭了，只剩林先生一個人說慰問的話，從他愛她講起，一直講到他一定肯為她死。

於是拖移一個鐘頭的時間，二少奶奶才把剛才的經過對林先生說清。

林先生出來尋老四，但是老四還沒有回來，老四吃飯是同學校教員們一同吃的，但是他竟沒有同來吃飯。於是林先生回到房裡，勸二少奶奶吃飯。二少奶奶睡在床上說不想吃，於是林先生只得自己同林老太太與孩了去吃去，吃完飯他在林老太太房裡等老四。

門一響，他以為是老四回來了，但是進來的是大嫂，大嫂的職務是舍監，吃與睡都同住校生在一起，她的二個孩子，大彭與小彭自然也算住校生，同她在一起住，一起吃，她與林先生的關係現在是非常客氣，同二少奶奶也變成只是舍監同校長的關係。她對老四很同情，對二少奶奶，表面上也很客氣，但是同林老太太在一起，所訴說都是自己在這樣生活中的淒苦。林老太太對於二少奶奶有許多不滿，第一是她霸佔著林先生，弄得林先生忘了爹娘，第二是二少奶奶的眼中現在老是沒有她，所以總是叫大少奶奶常常到她地方去，一去就是談二少奶奶的不好。大少奶奶是孤孀，很容易使做婆婆的想起已死的少爺，「要是老大在的話，家裡不會弄到這個樣子！」這是林老太太常說的話。一個人對於失去的東西總比現存的東西為珍貴，也因為對於現存的東西有不斷的缺點發現，使人更加戀念失去的東西。林老太太的心裡也是一樣，愈想大兒子，愈想到大兒子的好處，於是愈覺得林先生的不好，愈覺得林先生的不好，愈把大兒子想得好；而林先生的不好完全是懦弱，聽老婆的話。同時因為對於好的已死的兒子愈戀念，就愈覺得這個孤孀媳婦的可憐，也愈覺得她的大彭小彭的可憐，而事實上大彭小彭的生活實在不能同素一素二相比，因此林老太太特別照顧大彭小彭。而大少奶奶也常常為林老太太縫一點衣褲。

自然最能給林老太太安慰與希望的是老四，林老太太最愛也是老四，老四對學校所以敢這樣大膽提出責問，也藉著林老太太的鍾愛。

所以在這個家庭之中，現在完全分化為兩派，一派是林先生二少奶奶同他們三個孩子，一派是林老太太，老四大少奶奶與她二個孩子。

現在學生們都已睡好，大少奶奶抽空到林老太太地方來。今天教務會議她雖沒有列席，但是她早已聽到所發生的事，她雖然對於學校裡事情也都不滿，最不滿的自然還是她事情多薪水少，但是她以為像老四這樣也不是聰敏的辦法。她進來也是有意要勸勸老四，但是老四沒有碰見，倒碰見林先生，林先生夜裡不常到老太太地方來的，今天自然有事故，從他的面孔，大少奶奶也可以覺出，那一定是為老四在教務會議提出責問的關係。

她裝做不知，同林先生招呼，接著就同林老太太談到她正在做的林老太太的一條褲子。

林先生同林老太太對坐著，所談的都是孩子們功課一類的事情，已經厭煩，這時候聽她們談褲子，更有點不耐煩，於是打了一個呵欠，說：

「老四怎麼還不回來？」

「他大概看朋友去了。」林老太太接著說。

「大嫂，」林先生問：「你知道他上哪兒去麼？」

「誰知道他。」大少奶奶說：「他出去總不同人說的。」

「你知道今天教務會議的事情麼？」林先生不耐煩地問。

「聽他們說起。」大少奶奶說：「是不是老四發表了許多意見。」

「這麼大，還是不懂事。」林先生說。

「什麼事？」林老太太問大少奶奶，但是大少奶奶不響，眼睛望在別處，裝作沒有聽見。一直到林先生發言了，她聽著。

「他批評學校辦得不好。」林先生說。

林老太太不愛管閒事，不說下去，拿起了一串唸佛數珠，大少奶奶也不響，拿一塊抹布抹桌子，結果林先生覺得寂寞了。

大家沉默著，不沉默的是只桌上的小鐘，滴搭滴搭在響。

林先生呵欠又來了，他想回到自己那裡去睡，他站起來，在房中走幾步，想說一句可以出門的話，但是他一時竟找不出，這房裡的空氣壓得有點悶人。

就在這時候，門外一聲響，老四回來了。

老四手裡拿一本雜誌，似乎很興奮的進來，林先生一見老四，立刻站住，他劈頭就說：

「啊，你倒也回來了！」

「你哥哥等你許多工夫了。」大嫂接著說。

「二哥，有什麼事找我麼？」

「你怎麼這樣不懂事，在教務會議裡，你會說出這樣的話。」

「我並沒有說什麼。」老四說：「你去問二嫂，我說的都是實話。」

「但是你叫二嫂怎麼去對金大小姐。」

「我站在教員的立場上，自然有說話的權利。金大小姐要怪也只能直接怪我。」

「但是你是你二嫂帶進來的人，怎麼反而來反對學校。」林先生的情緒愈來愈緊張了。

老四的情緒本來是興奮的。他一見房中除林先生外是母親與大嫂，不覺激昂地隨心說出來了：

「反對學校，你去問問隨便哪一個人，我的話是反對學校的，還是擁護學校的。學校有七百多個學生十來個教員，只有二個校長。學生付了這許多錢，學校連開水都不充分供給，這到底是誰的錯？學校裡沒有標本，也沒有儀器，連一個地球儀都沒有，圖書館沒有兒童讀物，運動場沒一點運動器具，教員薪水這樣低微，那麼這許多學生繳來的學費雜費體育費圖書費都到哪裡去了？」

「老四，」林先生沉著地說：「你不應當這樣說，校長有校長的用處，譬如交際呀，應酬呀，上海地方你真不知道，做事情是多麼不容易？雖然是一個小學校，新聞界不能得罪，名人都要拉攏。……」

「但是我們總要知道校長的薪水，交際費，應酬費的數目。」

「這不是你的事。」林先生說：「你在這裡做教員，也因為沒有地方去，是一個職業，你應當守你的本份。」

「但是教員的職業，到底不是洋行的職員，我們不得不為兒童著想，兒童是我們民族的命脈。」

「這些都是官話。」林先生說：「我也沒有精神同你爭，假如你有別處去，那就再好沒有，否則我站在家長的立場，為你的飯碗，我要你接受我的忠告。」

「二哥，」老四紅著臉說：「站在你的立場，你也應當勸勸二嫂，辦一個學校，到底要顧到一個學校。你不知道學生出家長們對於這裡兩位校長的印象是怎麼樣，華麗的衣著，豆一股大的金剛鑽，常常汽車的進出，……」

「不要說了。」林先生打斷了他的話：「娘也要睡了，我不過來勸勸你。你聽不聽隨便你。」

林先生站起來，帶著氣出去了。

大嫂早已不在，不知什麼時候溜出去的，林老太太對著窗口在唸經，這是她每晚睡前的課程，點三支香插在窗外，再在窗口唸一點經。

房間內很靜。林老太太的唸經聲可以聽見，此外是檯鐘，滴搭滴搭的走聲。

老四感到空虛，拿一本雜誌倒在床上了。

十六

林先生現在不再說什麼，二少奶奶因為林先生不再為老四挽留餘地，所以也不再同他爭吵，她同金大小姐商量結果，決定等這學期終了，將老四解雇。

但是這消息就傳到老四地方。

同情老四的教員不少，談著談著討論到自己合辦一個學校，但是策劃一下，覺得最大問題是房子，現在的房子不容易找，找著了也要出很大出頂費，雖說可以先收報名費，但是總要準備一點錢，以資流動。於是每天商量討論，日子一天一天的過去，還是一句空話。

曰華小學的教員也分兩派，一派是同校長不對的，另外一派是趨奉校長的；前者是理想主義，也可以說是少壯派，他們不滿意自己的處境，不滿於現狀，對於學校也有點理想，一派是現實主義者，他們世故大都很深，對於學校沒有理想，覺得天下烏鴉一般黑，五十步笑百步，都是這麼回事。大家反正為一點錢，同校長親近一點總好一點。所以他們要趨奉校長。因此當老四他們計劃學校的時候，消息就傳到校長的耳朵，於是她們對於老四也特別懷恨了。

一個人對於某一件事某一個人覺得不順眼，常常會愈來愈不順眼，老四對於這學校也是一樣。那時候有一個叫做「野馬」的雜誌，有人寫了一篇孤島上教育界的文章，老四讀了很有感觸，寫了一封信去補充，揭發了學校所有的缺點，這封信在讀者通訊欄裡發表出來，於是就有讀到這篇東西的教員，報告給校長，雖然用的是筆名，但是一猜就知道是學校裡的人，而這當然是老四。

老四現在是校長的眼中釘了。而他同別人合辦學校的計劃，也為許多困難慢慢的冷了下來。可是人考已經到了，學校就快放假。

就在這個時候，老四有兩個朋友要到內地去。內地現在需要青年，需要工作人員，這個老四在報上刊物上常常讀到。現在聽到自己的朋友要去，他的心立刻浮動起來。

他想同母親商量，他知道他母親一定會阻止的，他想同大嫂商量，又想到她一定會報告她母親。但是他似乎必需同一個人商量，結果他找了他的一位同事。這位同事極力鼓勵老四去，說是他自己要是沒有家眷，也一定早就去了。

這使老四下了決心。他購置了兩隻箱子，放在朋友那裡，慢慢把自己的東西一點一點搬出去。

他們已經定了動身的日子，老四的朋友也負責買好船票，於是日子一天一天近攏來。

老四近來精神有點異樣，但是沒有人注意到他，只有他的大嫂。以前大嫂到林老太太地方去，老四總是有說有笑的談學校裡的事情，但是現在很少說話。那天晚上，大嫂又到他們房間裡去。林老太太在唸經，老四在寫信。她走到老四桌子邊去，但是老四看她走攏來，他裝作吸墨，用吸墨紙把信掩去了。但是大嫂就站住了，她問：

「你在寫信嗎？」

「是的，寫給內地朋友，托他們謀一個位子。」

其實老四正在寫信給大嫂，他明天就要動身了，他想寫兩封信，一封給大嫂，一封給他的二哥林先生，預備明天一早投在校門外郵筒裡。

當時大嫂沒有懷疑，老四把信放在抽屜裡，站起來同大嫂談話。

大嫂等林老太太睡了才出去的，老四等她出去了又拿出信紙來寫。林老太太看他還不打算睡，她說：

「老四，你不打算睡麼？」

「我想把這信寫寫好。」

「明天難道不打算做人，明天寫不一樣麼？」

「明天有明天的事情。」

於是林老太太不再說什麼，老四在寫信。

第二天老四已經沒有事，他的功課已經考完，所以一早就可以出門。

但是一直到夜裡還沒有回來。林老太太以為剛剛放假，他同朋友去玩去了。也沒有十分關心。可是一早醒來，她看老四的床鋪沒有動過，她開始有點著急，問問大少奶奶，她不知道，問問林先生，他說老四近來行動很不好，一定在玩。

林先生隨即到行裡去，大少奶奶也去管理學校裡的事務，剩下林老太太一個人在著急。她時時下樓去，時時去問大少奶奶同二少奶奶。她雖然明知道她們不知，但還是不得不問。這些時間過得很慢，但總也挨了過去，下午兩點鐘的辰光，大少奶奶接到了老四的信，她尋林老太太，告訴她老四已經到內地去了，林老太太愣了半天，才叫少奶奶把信唸給她聽。

大少奶奶開始讀這封很長的信，信裡說及他去了，一時恐怕不會回來，如果順利的，他會帶錢來，母親一切，請大嫂照顧。

大少奶奶讀一半就流淚了，林老太太聽完了，也哭起來，她說這完全是老二他們逼走的。大少奶奶手裡還有一封信，那是老四寫給林先生的，她在剛接到時候很想拆，但後來想想還是等林先生自己來拆，因此她沒有告訴林老太太。林老太太帶哭帶罵的在嘰咕。大少奶奶知道勸是沒有用的。她於是去打電話給林先生，一面通知二少奶奶。

二少奶奶聽了，一時也說不出什麼，她只說她正忙著，請大嫂去勸勸老太太。她不知為什麼，這時候會不敢去看林老太太，一直到林先生回來了以後。

林先生回來了，二少奶奶正在校門口等他。二少奶奶很想先同他說幾句話，但是又說不出，最後還是跟著林先生到林老太太地方。

林老太太在哭，大少奶奶在勸，一見她們進來，就說：

「全是你們逼走他的。」

林先生想不出說什麼好，二少奶奶可冷笑一聲。

「娘，」林先生說了：「他去內地吃點苦倒是好的。」

「現在你們可以快活了。」

「這算是什麼話！」

「你們只多我們幾個人。最好我們都死，只剩你們兩口子。」

林先生還想說什麼，但是二少奶奶暗地裡拉一把林先生，她自己就出去了。林先生知道也沒有法子勸，回頭也想出來，這時候大少奶奶交給他一封信。於是林先生同大少奶奶說：

「大嫂，還是你勸勸娘吧。」

大少奶奶點點頭，林先生拿著信出來，到自己房裡拆信。信很長，一半發自己的牢騷，一半對於二少奶奶說了許多話，最後說他不等抗戰勝利不回來，回來時一定會有點成就。信後還有一句附言，說他租了兩輛自行車，賣掉了以充盤費，只得請二哥代賠。

林先生讀完信也有點感慨，拿著信望著空中空想。忽然有一聲嘆氣喚醒了他。

那是二少奶奶。她睡在床上，以為林先生進來了一定會去慰問她。但是林先生竟不知道，她偷眼看看林先生，林先生正在看信，滿以為看完信他一定過來了，或者會把信給她看，但是他拿著信在空中發愣。所以她假裝不知的翻一個身嘆一口氣，這聲音倒是有效，林先生隨即帶著信過來了。

林先生過來沒有說什麼，二少奶奶也不響。但是林先生一隻拿信的手正放在床沿上，二少奶奶就接了過去。這時林先生才想到這封信最好不給她看，但是已經沒有辦法。林先生於是站起來，踱一個圈兒，抽上一支煙就出去了。他並沒有去處，外面遛一個圈，在窗門外靠一會就回來，二少奶奶一見他進來，就哭起來。她說：

「我待他哪一點不好，寫這樣的信！我又沒有用你們林家一個錢。」

「他還是一個小孩子，什麼都不懂事。」

「不懂？」二少奶奶接著一聲冷笑：「他們恨來恨去恨我一個人！他們想盡方法離間我們。」

「這是不會的，你也不要太多心了。」

「呵，你也幫著他們！」她說了半句又大哭起來。

於是林先生沒有辦法，坐在床沿上為她揩眼淚。

這時候有校役上來，說是自行車行有人來要車子，今人一早四先生租了兩輛自行車，一直沒有去還過。

這事情打斷了二少奶奶的眼淚，由林先生下來同車行交涉，最後總算還點價錢賠償了他們。

十七

自從老四走了以後，林老太太心境起了很大的變化，每天嘮叨家事。她本來很少到林先生房裡去，現在則有時因有一個人嘮叨沒有人去理睬她，她就借事到他們房裡去嘮叨，結果總是同二少奶奶多起嘴來，常常二少奶奶起先搶白了她幾句，到最後只好躲到外面來，讓林老太太一個人嘮叨。於是林老太太嘮叨著嘮叨著，一直到她感到疲倦的時候，才想到一切的冤苦，老大與林老先生的死，老四的走，老三的出事，以及二少奶奶的壞，都是林家的大劫大數。至於二少奶奶，每天忍耐到夜裡對林先生訴冤，好好壞壞要林先生做主，將老太太搬到外面去住。

「但是。」林先生說：「叫這麼一個老年人怎麼到外面去住呢？」

「大嫂他們不可以同她作伴麼？」

「但是，錢，又要開個火倉，這要花多少錢？」

「大嫂難道也永遠要我們養她。」

「她這點薪水怎麼叫她對外面養一家，這是我們的面子。」

「我寧使給她們一點錢，我受不了這份氣。」

話雖是這麼說，但錢還是二少奶奶所喜歡的，也曾經順便到外面看看房子，可是一小間房子都要幾十塊錢，終於沒有租下。於是日子照常過著。

暑假裡，學生們都散了，大嫂同孩子們自然要同林先生一同吃飯的，但是二少奶奶時時帶自己孩子到外面去，所以在家裡吃飯的，只是大嫂同孩子們以及林老太太四個人。後來就是二少奶奶在家，也總開一份到林老太太房裡，讓她們去吃，自己同林先生另外在房間裡吃。大嫂本來是同學生們一同吃的，倒沒有什麼，但是林老太太感到顯然是被撇到家庭以外，而她同林先生也更加沒有見面機會了。她常常三四天看不見林先生。有時候林老太太吃好飯想去看看他，但不是已經關上了門說是睡了，就是同二少奶奶一同去玩去了。這很使林老太太生氣。

日子一天一天下去，情形愈來愈不好，林老太太與大少奶奶吃的菜愈來愈壞，每天是同樣的東西，常常是冷的，陳的。林老太太是吃素的，但是蔬菜裡竟時常有肉皮。林老太太也想發脾氣，但是找林先生找不到，二少奶奶呢，每天對她訴說菜蔬貴，米價高，煤錢漲，訴說生活是怎麼樣的艱難。

不知是不是因為吃得壞，生了氣，還是掂念老四，林老太太於七月底病倒了。起初是咳嗽與發熱，後來肚子也瀉了起來。

於是大嫂同二少奶奶商量請醫生。但是二少奶奶主張搬到醫院去住。沒有決定，一直到林先生來。

「我以為，」二少奶奶說：「搬到醫院去住，那面有看護，總比在家裡舒服。」

「醫院住一兩天沒有什麼用。」林先生說：「住多了也太貴。」

「我想還是請一個中醫來吧。婆婆相信中醫。」大少奶奶參加一點意見。

「請醫生來也不便宜，醫院住三等病房，也不會太貴。」又是二少奶奶。

「三等房怎麼住？這樣大年歲。」林先生說了去望林老太太。

林老太太不喜歡住醫院，也相信中醫。於是林先生就遵了他娘的意思。但是看了三四趟中醫，吃了六七劑藥，病一點沒有見痊，而因為連日的瀉，上年紀的人已經乏極了。

二少奶奶又主張送醫院，林先生也沒有異議，但是主張送二等病房，由大少奶奶去陪去。

二少奶奶也不再反對，大少奶奶也以為對。林老太太起初不肯，但是經過大少奶奶的勸解，她方才相信，答應了。

於是一輛首仁醫院的汽車，把林老太太載去。林先生與大少奶奶帶一點零星的東西也到了醫院，他們佈置好一切，林先生方才出來。

醫生驗定了這是痢疾，但是當痢疾快好的時候，林老太太忽然氣喘得非常厲害，熱度也驟然高了起來。醫生斷定了這是肺炎，照了一個愛克司光，還有肺結核，病已經不輕，像這樣年紀，恐怕是難治療的。

林先生每天都到醫院來，二少奶奶也來。大概是第四天，林先生同二少奶奶到的時候，林老太太剛剛打過針睡著了。大少奶奶在旁邊。

二少奶奶怕傳染，轉一轉就拉林先生到門外去。林老太太醒來的時候，氣喘好一點，神志也很清，知道林先生他們在外面，她就叫大少奶奶叫他們進來。

林先生進來了問今天怎麼樣。

「好了許多，你們回去吧。」

「要什麼東西，娘？」

「不要什麼，你回去吧？你明天還要去做事。」

二少奶奶這時已回頭到門外。

林先生於是站了一會，拿出三十塊錢交給大少奶奶，他說：

「娘也許要買點東西，你先收著，用完了再問我要。」

大少奶奶接了錢，林先生望望林老太太，她閉著眼睡在那裡，林先生就輕輕的出去了。

林先生出去後，林老太太張開了眼睛問：

「他們去了麼？」

「去了。」

「靜嫒，」靜嫒是大少奶奶的名字，但是林老太太很少叫這個名字的，現在用呼氣的口吻來叫，在大少奶奶聽來更覺得淒慘。但是林老太太歇一會，接著說「我是今夜明晨的事情了。我叫他們回去，想趁我神志還清爽的時候。同你說幾句話。這也是林家大劫大數，我會到現在才死。我要早死也許會比較快樂……」林老太太說到這裡，停止了，她用急促的呼吸調劑她的精神。

「婆，不要這樣說，你就會好的。」

「我知道我就要去的。」林老太太又說：「不過現在死也好，我知道了誰最孝順我，要是老大在，我，我一定……」她說到這裡忽然咳嗽起來。

大少奶奶過去替她捶了一會背，她說：

「婆，歇歇吧，不要再說了。」

「我要說。」林老太太說：「趁我還有精神，我要說完它，我死了以後，你還是走吧，到你哥哥那裡去。這是劫數，林家總是要散了。大彭小彭，你總要好好管他，這是老大的人，將來要為他爭氣，那裡，」她說著喘氣了，歇一會，她從枕頭下摸出一把鑰匙，又說：「你替我開開這只箱子。」

大少奶奶於是接過鑰匙，替她開開床下的一隻箱子。

「你把那包花包袱解開來。」

大少奶奶於是把包袱拿到床上，打開來，是一全套壽衣。

「夾在當中有一包紙包。」林老太太喘著氣說。

大少奶奶於是摸到了這紙包。

「拆開來吧。」林老太太很吃力的說。

大少奶奶於是把它拆開來。裡面是一付圓重的金鐲，一隻珠鐲，一隻翡翠戒子，一隻寶石戒子，兩隻金戒，還有一隻元寶戒，兩付翡翠的耳環，還有一朵珠花。林老太太顫聲地接下去說：

「本來我要把這些都戴去，但是現在我只想戴一付耳環，戴一隻元寶戒，其餘你都拿去……」

「娘……」大少奶奶的眼睛已經濕了。

「你把這些東西收起來，再把我襯衫換一換。」

「但是，娘，我怎麼……」

「你只要好好的照管大彭小彭，那就不辜負我的意思了。」

大少奶奶於是把首飾同襯衫褲拿出，把外面衣服包好，放在箱子裡，她又把首飾照林老太太的意思分開，把一包藏在自己的枕頭套裡，她說：

「那麼我……？」

「你先去弄一點水來。」

大少奶奶於是按電鈴，她叫茶房泡水。

林老太太想靠起來，大少奶奶於是扶她起來，把枕頭墊在她的背上，林老太太又咳嗽起來了。但是歇了一會，林老太太伸手從褥子下拿出一包紙包，她遲緩地說：

「這是三千塊錢，是我自己留的葬費，現在你留一千塊，將來可以做大彭小彭讀書做事用處。你到內地總要設法找老四，把另外一千塊錢交給他，讓他結婚時好用。還有一千塊替我買一口頂好的壽材。葬事他們總會替我辦的。啊，還有這些經卷，我唸好的，你都在我死後燒給我。」

這時茶房敲門了，拿進來一鉛桶水。大少奶奶於是替林老太太洗臉，揩身，濯腳，最後替她換了襯衣：把一隻元寶戒替她戴上，再將林老太太戴在耳葉上的小金環脫下，把翡翠環子換上，這時林老太太已經喘氣了好幾次，顯得很乏。大少奶奶幫她躺在床上，她平靜地呻吟著，話也沒有了。

時候已經不早，房間靜寂非常，大少奶奶有點害怕，但因為十分疲倦，倒在床上也就睡著了。

大概三點鐘的時候，大少奶奶突然驚醒，林老太太正在呻吟。大少奶奶看情形有點嚴重，她趕快起來，問：

「娘，要喝水麼？」

林太太搖搖頭，面上浮著萬種的痛苦。大少奶奶守在旁邊愣著，最後她才覺悟到叫醫生，趕快按電鈴，茶房於是去叫看護，看護來了說：

「醫生不是仙人。他關照過的，叫我打針？你去打電話給家裡吧。」

看護於是拿針來打，那是強心針，無非叫她多受一點痛苦的生命，於病是沒有用的。

大少奶奶打電話給林先生，但是那正是戒嚴的時候。林先生同二少奶奶趕到是五點多鐘，大少奶奶已經守著屍體在哭了。

於是大家哭吧，死人或者不會聽見，可是醫院裡的人是看見的。

屍首立刻運到殯儀館，報喪信立刻發出去，大家在殯館裡忙碌。林先生同二少奶奶都主張要葬儀弄得像樣，因為第二天，林先生的朋友，二少奶奶的親友都要來弔祭。所以就在頭號禮堂佈置出靈幃素彩。第二天，賓客陸續都來弔祭了，大少奶奶二少奶奶都在哭，大家都說：

「老太太很有福呀。」

大少奶奶把林老太太需要千元的棺木這個遺言傳給林先生時，她隨同著交他五百塊錢，林先生在這點上不想違背他母親的意旨，所以就買一口千元的棺木，但是讓二少奶奶知道的則是三百塊錢，所以對於這件事，三方面都覺得很安慰。入殮後就寄在殯儀館裡，客人陸續散去，於是喪事與悲哀就這樣結束了。

十八

喪事的錢用得不少，二少奶奶很有點肉痛，帶著疲倦的身子，在床上，她想到林老太太的遺物。

但是遺物裡除了一點日常的用具衣裳外，竟什麼都沒有。這使她很失望，因此對於大少奶奶就有點妒嫉。

首虞在寺院裡供奠，日子悄悄的過去，學校又忙於招生了。

大少奶奶有一個哥哥在昆明做買賣，這是她唯一可去的路，她在林老太太入殮後，就寫信去，告訴他家庭的變化，想在內地找一個寄身的地方。

現在她哥哥回信來了，給她一封介紹信，叫他找一個人，說那面有辦貨物的人上下，可以同他們一同走。又說昆明有一個通俗圖書館可以謀一個職員的位子。這樣，大少奶奶去接頭了幾次，最後就預備對二奶奶去辭職了，她揀了星期日早晨，林先生與二少奶奶都在家的時候，她到他們房間去。

大少奶奶沒有事不會到他們房間來，所以她一進來，林先生同二少奶奶就等她發言。她於是就開始說：

「我近來覺得身體很不好，學校裡的事情也吃不消，所以我想下半年到我哥哥那邊去。」

「你是說去昆明了？」林先生知道他哥哥在昆明，所以他這樣說。

「是的。」

「本來在這裡也很好，現在你想去內地，我想走走也是好的。」林先生近來每天聽到二少奶奶對大少奶奶的不滿，所以秉著妻子的意思也不挽留她了。

「我哥哥有熟人於月底去昆明，我想同他們同走。」

「月底？」二少奶奶說瞭望望牆頭的日曆：「那不是只有十天了麼？啊，還有十二天。」

「還有十二天？」林先生說：「那麼大彭小彭也帶去麼？」

「自然大嫂要帶去的。」二少奶奶說：「留在這裡大嫂也不放心。」

「留在這裡會太麻煩二嫂，我想，這兩個孩子又鬧。」大少奶奶笑著說：

「不過，二叔，帶孩子盤費實在大，我哥哥叫我到他朋友地方借錢，但是也不會多，所以我想請你幫助我們一點。」

「自然。」林先生說：「論理我應當幫你，但是現在生活實在困難，家裡開銷大，娘喪事也花了不少錢。不過嫂嫂要去昆明，我總去想法，明天我去奔走看，大概三百塊錢還辦得到，要多恐怕是不行的。」

「謝謝你，二叔。」大嫂說了不一會就出來。

可是二少奶奶在裡面發脾氣了。

「你有錢，三百塊錢還辦得到！」

「那怎麼，難道一點不幫她麼？」

「娘死了，一點首飾現錢都在她手裡，她還怕沒有盤費麼？」

「但是她是一個孤孀嫂嫂，將來還要活，還有孩子。」林先生說。

「啊，你倒慈善！我們又沒有發財，你要把錢都送完！」

「不是這樣講，這是最後一次，我們為什麼要讓外面的人批評。以後不是沒有別種糾葛了麼？」

「我也夠苦了，辛辛苦苦賺一點錢，老的死，少的走，一輩子也沒有自己享過福。」

「但是我們不是想有個理想的小家庭麼？你是很明白的，我們不要錢，只要精神上快活。」

林先生這樣說了，二少奶奶方才平了點氣，她說：

「我倒並不是在乎三百塊錢，不過你沒有得我同意就答應了她。」

「我的答應，就是你的答應，而且這也顯得你大氣。」

「顯你自己大氣，你愛做面子，我占到了什麼？」

「那麼明天你把錢交給她好了，說是我一時實在無法籌錢，所以叫你從學校裡先想點法子給她。」

這樣二少奶奶方才高興。第二天下午，當林先生出去以後，她檢點了三十張十元的鈔票，心裡總覺得有點肉痛，她幾次想還是讓林先生去交給大少奶奶，拿出藏進了好幾次，但仔細想想同樣給她，為什麼不自己做個人情，於是她又拿了出來，一面叫張媽去請大少奶奶。她看看這三十張鈔票，心裡總有點肉痛，最後她拿去了一張，另拿一張一元的夾在中間，她看看沒有什麼毛病，再用一張一元換一張十元的看了看，覺得很滿意，最後用一根橡皮筋紮了等在那裡。

於是大嫂進來了。二少奶奶把鈔票交給她說：

「大嫂，這是三百塊錢。他一時沒有地方可以籌這筆錢，我只得從學校裡想點法子，先湊這三百塊錢給你。」

「啊，那麼要你費心了。」大少奶奶說了接過這紮鈔票，她自然不好意思去點數，尤其在二少奶奶面前。

「那麼你決定幾時走呢？」

「看我哥哥的朋友什麼時候走，他們說最遲是月初。」

於是大少奶奶出去了。二少奶奶很高興，她似乎獲到了勝利，因為她在無形之中的確省下十八塊錢了。她決定不告訴林先生。

等大少奶奶發現裡面兩張鈔票是一元的，她知道一定是二少奶奶耍的花樣，但是她不能，也不想再去申明了。

大少奶奶現在忙於購買零星的東西，佈置行李，這一陣忙亂以後，於是動身的日子到了。二少奶奶送大彭小彭一匣餅乾與一匣糖。本來她是從來不抱一抱這兩個小孩，也從不拉拉他們的手同他們談笑的，那天也特別笑笑拍拍他們。

最後二少奶奶送他們母子到門口。林先生則伴她們到昆明的同伴那裡，再同大家到船上去。

那天正是星期日，林先生不必到行裡去，回到家裡看見二少奶奶打扮得很漂亮。一見林先生回來，她說：

「讓我們去看電影吧。」

「好的。那裡呢？」

「大光明吧。」於是二少奶奶挽著林先生的臂，走出了房門，走出了校門，不知怎的，今天她感到年輕不少了。

她們現在只有兩個人，還有三個小孩子。一個十全十美的小家庭。

一九四〇，六，一七，夜晚稿。

《一家》後記

我想這篇小說，也許會有許多愛讀我小說的人不愛讀它，也許會有許多不愛讀我小說的人愛讀它的。在這裡，我用最節省的筆墨，寫一個最平凡的故事。在某種場合下，我常常從人性中提煉善的、美的、真的成分，讓它們在適當情形中表現出來。假如能引起讀者一點善的、美的、真的情感，這就是說，這是她們會覺得在相仿的情形下，真可有這些善的、美的、真的情感，那麼我的目的只達到了一半。可是另一方面，在這平凡的生活之中，我知道愛與恨、善與惡、美與醜、真與假，常常是在一起的，所以在這篇小說中我只想用冷靜的態度，看我們這平凡的人類，怎麼在環境波動之中，變換自己的生活。我不參雜一點主觀情感與偏心，我也不用氣候景色的誇張，更不想用不是普通的，或者少見的背景。我只是在極尋常的際遇中寫幾個人物心理的交叉，以為那極平常環境的變化。

我不希望這篇小說會引起讀者什麼善的、美的，與真的情感。如果引起這些情感，那反是我小說藝術上缺少了這些本質。因為在這裡，我的目的不是將一群我訓練過的白耗子，對讀者演我所編成的戲，我只是指出他們日常的生活。你也許覺得可憐，也許覺得可笑。也許覺得人生的陰暗與渺小，也許覺得家庭組織的淒慘與時代的殘酷。我不希望有人愛其中一個人或恨其中一個人，因為他們活著，我們也活著。人世上的確有這樣的生存，有時會需要這樣的生存。

如果要說說我寫完這篇小說，以及我校對這篇小說後的感想，我說不出什麼。假如作品是作者本人的反應，那麼這篇小說與去年《三思樓月書》中幾篇小說的寫作態度上不同之處，真是我靈魂的兩面。我是一個最熱誠的人，也是一個最冷酷的人。我有時很興奮，有時很消沉。我會在狂熱中忘記自己，但也有最多的寂寞在我心頭。我愛生活，在淒苦的生活中我消磨我殘缺的生命。我還愛夢想，在空幻的夢想中，我填補我生命的殘缺。在這兩種激撞之時，我會感到空虛。那麼請莫怪在這篇小說中，把人們表現得這樣平凡可憐庸俗與微小，因為在我空虛時看到的，家庭實在是最能使人陷於平凡可憐庸俗微小的境界。他不但會將人們的視線縮短變狹，有時候似乎會使人只有一點動物的本能——保自己的後代，留積一點過冬的糧食罷了。這故事中我將「老四」遠飛了。但誰能相信他在也許的一番事業以後，不囿於家庭的天地之中，又要保自己後代，積過冬的糧食了呢？我是一個渺小的生命。但在渺小生命之中，我有愛有夢，我有憤怒有嘆息，還有我的聰明與愚蠢，但是最多的是我的情熱與理智。我沒有意志控制這二者的衝突。一時我飛騰在情熱之上，一時我消沉在理智之中。在物極必反的交替之間，我要唱更多的詩，寫更多的故事。只有在唱與寫之時，我才感到工作充實了我的空虛，像螞蟻搬運比它身體大許多倍的食物一樣，是渺小的生命想做偉大的努力，是有限的生命想做無限的嘗試。

徐訏文集・小說卷09　PG1658

精神病患者的悲歌

作　　者	徐　訏
責任編輯	徐佑驊
圖文排版	周妤靜
封面設計	葉力安

出版策劃	釀出版
製作發行	秀威資訊科技股份有限公司
	114 台北市內湖區瑞光路76巷65號1樓
	電話：+886-2-2796-3638　傳真：+886-2-2796-1377
	服務信箱：service@showwe.com.tw
	http://www.showwe.com.tw
郵政劃撥	19563868　戶名：秀威資訊科技股份有限公司
展售門市	國家書店【松江門市】
	104 台北市中山區松江路209號1樓
	電話：+886-2-2518-0207　傳真：+886-2-2518-0778
網路訂購	秀威網路書店：http://www.bodbooks.com.tw
	國家網路書店：http://www.govbooks.com.tw
法律顧問	毛國樑　律師
總 經 銷	聯合發行股份有限公司
	231新北市新店區寶橋路235巷6弄6號4F
	電話：+886-2-2917-8022　傳真：+886-2-2915-6275

出版日期	2016年10月　BOD一版
定　　價	300元

國家圖書館出版品預行編目

精神病患者的悲歌 / 徐訏著. -- 一版. -- 臺北市 :
釀出版, 2016.10
面 ;　公分. -- (徐訏文集. 小說卷 ; 9)
BOD版
ISBN 978-986-445-150-0(平裝)

857.63　　105017079

讀者回函卡

感謝您購買本書，為提升服務品質，請填妥以下資料，將讀者回函卡直接寄回或傳真本公司，收到您的寶貴意見後，我們會收藏記錄及檢討，謝謝！如您需要了解本公司最新出版書目、購書優惠或企劃活動，歡迎您上網查詢或下載相關資料：http:// www.showwe.com.tw

您購買的書名：________________________________

出生日期：________年________月________日

學歷：□高中（含）以下　□大專　□研究所（含）以上

職業：□製造業　□金融業　□資訊業　□軍警　□傳播業　□自由業

□服務業　□公務員　□教職　□學生　□家管　□其它______

購書地點：□網路書店　□實體書店　□書展　□郵購　□贈閱　□其他

您從何得知本書的消息？

□網路書店　□實體書店　□網路搜尋　□電子報　□書訊　□雜誌

□傳播媒體　□親友推薦　□網站推薦　□部落格　□其他__________

您對本書的評價：（請填代號　1.非常滿意　2.滿意　3.尚可　4.再改進）

封面設計____　版面編排____　內容____　文／譯筆____　價格____

讀完書後您覺得：

□很有收穫　□有收穫　□收穫不多　□沒收穫

對我們的建議：________________________________

____

____

____

請貼
郵票

11466
台北市內湖區瑞光路 76 巷 65 號 1 樓
秀威資訊科技股份有限公司 收
BOD 數位出版事業部

(請沿線對折寄回,謝謝!)

姓　　名:＿＿＿＿＿＿＿＿　年齡:＿＿＿＿　性別:□女　□男

郵遞區號:□□□□□

地　　址:＿＿＿＿＿＿＿＿＿＿＿＿＿＿＿＿＿＿＿＿

聯絡電話:(日)＿＿＿＿＿＿＿＿＿＿(夜)＿＿＿＿＿＿＿＿＿＿

E-mail:＿＿＿＿＿＿＿＿＿＿＿＿＿＿＿＿＿＿＿＿